光文社文庫

長編時代小説

夢を釣る

吉原裏同心(30)
決定版

佐伯泰英

光 文 社

目次

新吉原廓内図

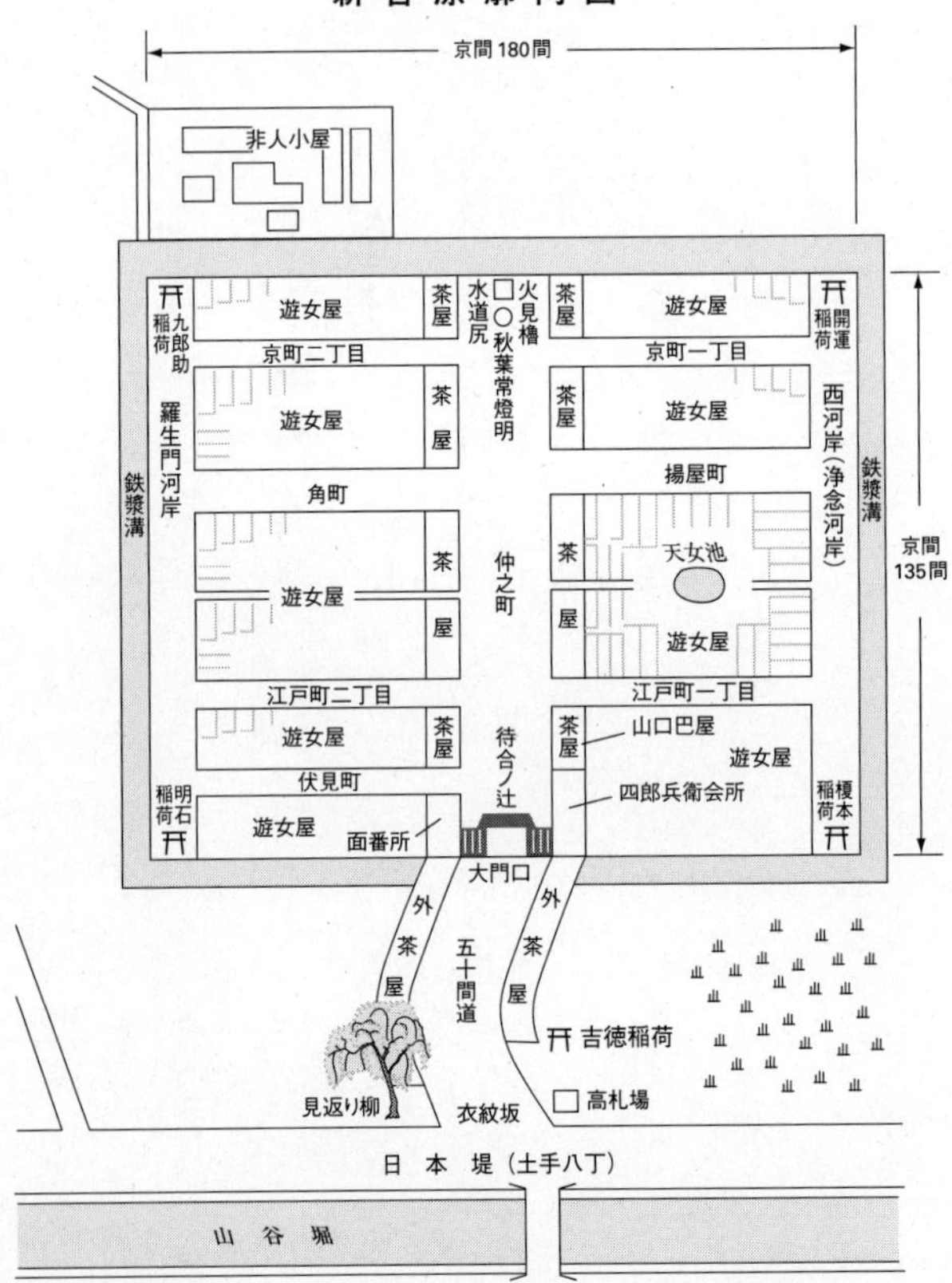
京間180間
非人小屋
稲荷
九郎助
遊女屋
茶屋
水道尻
火見櫓
秋葉常燈明
茶屋
遊女屋
稲荷
開運
京町二丁目
京町一丁目
遊女屋
茶屋
茶屋
遊女屋
羅生門河岸
西河岸(浄念河岸)
鉄漿溝
揚屋町
鉄漿溝
角町
茶屋
天女池
京間
135間
仲之町
遊女屋
遊女屋
屋
屋
遊女屋
江戸町二丁目
江戸町一丁目
遊女屋
茶屋
待合ノ辻
茶屋
山口巴屋
遊女屋
伏見町
四郎兵衛会所
稲荷
明石
遊女屋
面番所
稲荷
榎本
大門口
外茶屋
五十間道
外茶屋
吉徳稲荷
見返り柳
衣紋坂
高札場
日本堤(土手八丁)
山谷堀

北
東
南
西
荒川
千住大橋
鐘ヶ淵
隅田村
隅田川
千住道
小塚原
日本堤
新吉原
金杉上町
三河島
日暮里
田端
駒込
谷中
千駄木
白山
下谷
東叡山寛永寺
中堂
根津権現
本郷
御薬園
小石川
伝通院
不忍池
菊坂町
池之端仲町
下谷広小路
湯島天神
春日町
水戸徳川家
鷲神社
浅草寺
東本願寺
広徳寺
幡随院
阿部川町
新堀川
今戸町
山谷堀
今戸橋
浅草花川戸町
吾妻橋
竹町ノ渡し
田原町
三間町
並木町
駒形堂
蔵前
御徒町
森田町
御米蔵
北割
石原町
牛込
神田川
神田明神
外神田
向柳原
神楽坂
牛込御門
小石川御門
水道橋
天王町
浅草橋
柳橋
御竹蔵
南割下水
昌平橋
筋違御門
和泉橋
柳原土手
両国広小路
両国橋
回向院
本所
市谷
番町
田安御門
俎板橋
雉子橋御門
一ツ橋御門
神田橋御門
内神田
馬喰町
竪川
市谷御門
清水御門
小伝馬町
今川橋
日本橋
新大橋
常盤橋御門
北町奉行所
室町
小名木川
麹町
江戸城
江戸橋
仙台堀
深川
半蔵御門
呉服橋
南茅場町
材木町
西之御丸
永代橋
鍛冶橋御門
京橋
組屋敷
八丁堀
富岡八幡宮
南町奉行所
霊岸島
永田町
赤坂御門
桜田御門
石川島
越中島
数寄屋橋御門
西本願寺
山王日枝神社
新橋
築地
佃島
溜池
幸橋御門
汐留橋

『夢を釣る』主な登場人物

神守幹次郎……豊後岡藩の馬廻り役だったが、幼馴染で納戸頭の妻になった汀女とともに逐電の後、江戸へ。吉原会所の七代目頭取・四郎兵衛と出会い、剣の腕と人柄を見込まれ、「吉原裏同心」となる。薩摩示現流と眼志流居合の遣い手。

汀女……幹次郎の妻女。豊後岡藩の納戸頭との理不尽な婚姻に苦しんでいたが、幹次郎と逐電、長い流浪の末、吉原へ流れつく。遊女たちの手習いの師匠を務め、また浅草の料理茶屋「山口巴屋」の商いを任されている。

加門　麻……元は薄墨太夫として吉原で人気絶頂の花魁だった。吉原炎上の際に幹次郎に助け出され、その後、幹次郎のことを思い続けている。幹次郎の妻・汀女とは姉妹のように親しく、先代伊勢亀半右衛門の遺言で落籍された後、幹次郎と汀女の「柘榴の家」に身を寄せる。

四郎兵衛……吉原会所七代目頭取。吉原の奉行ともいうべき存在で、江戸幕府の許しを得た「御免色里」を司っている。幹次郎の剣の腕と人柄を見込んで「吉原裏同心」に抜擢した。

仙右衛門……吉原会所の番方。四郎兵衛の右腕であり、幹次郎の信頼する友でもある。

玉藻……仲之町の引手茶屋「山口巴屋」の女将。四郎兵衛の娘。正三郎と夫婦になった。

三浦屋四郎左衛門……大見世・三浦屋の楼主。吉原五丁町の総名主にして四郎兵衛の盟友であり、ともに吉原を支える。

嶋村澄乃……亡き父と四郎兵衛との縁を頼り、吉原にやってきた。若き女裏同心。

村崎季光……南町奉行所隠密廻り同心。吉原にある面番所に詰めている。

桑平市松……南町奉行所定町廻り同心。幹次郎とともに数々の事件を解決してきた。

柴田相庵……浅草山谷町にある診療所の医者。お芳の父親ともいえる存在。

お芳……柴田相庵の診療所の助手。仙右衛門の妻。

正三郎……もとは料理茶屋「山口巴屋」にいたが、幼馴染の玉藻と夫婦になり、引手茶屋「山口巴屋」の料理人となった。

桜季……三浦屋の新造だったが、八朔の夜に足抜騒ぎを起こし初音のもとに預けられる。

初音……西河岸の切見世女郎。幹次郎に頼まれ、桜季を預かる。

伊勢亀半右衛門……浅草蔵前の札差。先代の半右衛門（故人）の命で、幹次郎が後見役となった。

夢を釣る——吉原裏同心（30）

第一章　玉藻の喜び

一

吉原会所七代目頭取の四郎兵衛が大半の時を過ごす座敷の雪見障子越しに、白い五弁の花が一輪見えた。

山茶花だ。

いつもなら初冬に花を咲かせるが、なぜか今年は師走の帰り花になって四郎兵衛を楽しませてくれた。

冷めかけた茶を喫しながら四郎兵衛は物思いに耽っていた。

「お父つぁん、茶を淹れ替えましょうか」

玉藻が父親へ声をかけた。

「いや、よい」

と答えたが、玉藻は座敷に入ってきて座した。

四郎兵衛は、

(どうした)

と無言で娘に問うた。

「なにか心配ごとなの」

このところしばしば思案する父親を案じて娘が言った。

「心配ごと」

おうむ返しに応じた父親が、

「最前からおっ母さんが亡くなって何年になるかと考えておった」

と話柄をすり替えた。それを娘の玉藻は即座に悟った。

「来年の春が巡ってくると十七回忌よ」

「なに、佐季が身罷ったのはもうそんな昔になるか」

しばし間を置いた玉藻が、

「後妻さんをもらわなかったことを悔いているの」

「後妻、な」

「心当たりがないわけではなかったでしょう」

「かような商売をしておるとな、これという女がいなかったわけではない。だがな」

と答えた四郎兵衛が冷えた茶を喫し、

「佐季に義理を立てたわけではないが、面倒でな」

「老いた男の独り暮らしは寂しいというわ」

「といってこの歳からどうするわけにもいくまい」

「お妾さんはどう」

「娘に妾を勧められて、廓の外に妾宅を構えたところで面白くはないわ」

「あら、なぜ」

「妾なんぞは身内に内緒にして通うから面白いのだ」

「あら、そうなの」

と答えた玉藻が、

「神守様のところなんて賑やかよ。汀女先生がいて、麻様も離れ家にいらっしゃって、おあきさんもいて、猫の黒介に仔犬の地蔵が増えたわ」

「小女に猫犬もいっしょくたか、神守様は格別だ」

「格別か、そう、格別よね」

全盛を誇った薄墨太夫が、身罷った伊勢亀の七代目に落籍されて廓の外に出た経緯も、加門麻の本名に戻った薄墨が後見人の神守の住まい、柘榴の家へ同居した曰くも、四郎兵衛と玉藻親子はとくと承知していた。

吉原の大火の折り、猛火の中に取り残された自分を、己の命をかけて救い出した幹次郎のことを、麻が命の恩人と敬うとともに、それがいつしか情愛へと変わっていく様子も見てきた。

伊勢亀の先代は、そのことを承知で、神守幹次郎に薄墨太夫を落籍する手続きの全権を委託し、薄墨太夫を抱える三浦屋への掛け合いを任せたのだ。三浦屋四郎左衛門も神守幹次郎でなければ、この落籍話を突っぱねたかもしれなかった。

そして柘榴の家に加門麻が同居した背景には、汀女が麻の切ない気持ちを察して、後見人の幹次郎に、

「加門麻様をしばらくうちで休ませてあげたら」

と勧めたことが大きかった。

ともあれ、落籍した花魁を後見人が引き取ったというので、あれこれと世間で

は噂した。だが、後見人の務めとして、加門麻を表面的には柘榴の家に淡々と受け入れて、血の繋がった身内同然に暮らしていた。

「神守様の生き方はだれにも真似はできない」

「できないわね」

と応じた玉藻が、

「神守様が身近にいなければ、私と正三郎が夫婦になることもなかったわ」

「親の私すら気づかなかったことに気づいてくれた」

「私たち夫婦の恩人よ」

父と娘が頷き合った。しばし間があったあと、

「お父つぁん、もうひとつ神守様に感謝することが増えるかもしれないの」

四郎兵衛が娘の顔を見て、なんだといった表情を見せた。

「私もこの歳になってまさかと思ったんだけど」

「まさかとはなんだ」

「お父つぁんが爺様になるということよ」

四郎兵衛はぽかんとした顔で玉藻を見ていたが、

「懐妊したというのか」

「そういうこと」

「医者に診せたか」

四郎兵衛は畳みかけた。

「並木町の医者に診てもらった」

「医者も認めたか」

頷いた玉藻が、

「子を産むにしてはいささか歳がいっているのは承知よ。でも、蘭方医の緒方先生はしっかりとした体ゆえ大丈夫だと言ってくれたわ」

四郎兵衛は玉藻の言葉を吟味していたが、

「わしが爺様か」

「来年には爺様ね」

ふうっ、と大きな息を四郎兵衛が吐いた。

「孫が生まれるのは嫌なの」

「嫌なものか、こんな話を娘に聞かされて喜ばぬ親はおるまい」

と応じた四郎兵衛が、

「正三郎に話したか」

と気にした。

「これからよ。その前に、お父つぁんに聞いてもらったの。このところ悩みごとを抱えているようだから」

玉藻が父親の挙動(きょどう)を案じて言った。

「玉藻、わしが最初に聞かされたことになるか」

四郎兵衛が念押しするのに頷いた玉藻が、

「でもこのことを承知の人がひとりいるわ」

「なに、そなたの懐妊を承知の方があるとな。まさか神守様ではあるまいな」

玉藻が笑い出した。

「なんでもかんでも神守様に相談なんぞできませんよ。でも当たらずといえども遠からず、汀女先生が『玉藻さん、やや子ができたのではないの』と、私の懐妊に最初に気づいたの」

ふうっ

ともう一度吐息(といき)をついた四郎兵衛が、

「神守夫婦には足を向けて眠られぬな」

と険(けわ)しい顔で言い、

「このことを神守様は承知か」

と質した。

「汀女先生には緒方先生の診立てを告げたわ。それを聞いた汀女先生は、まず正三郎さんと七代目にお話しなさい、私はだれにも話しませんからと言われたわ」

「夫婦じゃぞ」

「お父つぁん、あの夫婦はだれよりも固い絆で結ばれているわ。だからといって、なんでも話すなんてことはないわ。汀女先生がそう言うのならば、胸の中に仕舞ってあるのよ。お父つぁんから神守様に話すことになりそうね」

と玉藻が言った。

「そうか、そなたに子が生まれるか」

と呟いた四郎兵衛はなにか考えごとをしていたが、

「いや、それはなかろう」

と玉藻の理解のつかない言葉を漏らした。

神守幹次郎は、いつものように土手八丁（日本堤）から見返り柳を横目に見て、衣紋坂を下った。枝垂れ柳の散り残った葉は黄色に染まっていた。

外茶屋が並ぶ五十間道では、そのひとつである一の江の男衆が箒を持って掃除をしていた。

「お早うございます、神守様」

男衆のひとりが幹次郎に挨拶し、幹次郎も返礼したついでに、

「このところ雨が降らんで道がぱさぱさに乾いておる」

と言い足した。

「正月前にひと雨降ると庭木も人も生き返るんですがね」

「いかにもさよう」

と幹次郎は大門を見て、おや、今朝も村崎季光どのが早出じゃ、と思った。

「お早い出勤でござるな」

「女どもが風邪にかかりおってな、こんこんと咳はするわ、鼻水は垂らしておるわ、わしの居場所がないでな、早めに出ざるを得んのじゃ」

と吐き捨て、

「女もああなると色気も嗜みもあったもんじゃないぞ」

「それはお困りでございますな。季一郎どのと義次郎どのは大丈夫ですかな」

うむ、と幹次郎の顔を見直した村崎が、

「わしはそなたに倅がおることを話したか」

「いえ、詳しく話されたことはございません」

幹次郎は、村崎にはふたりの倅の他にお花という娘がいたが、不慮の事故で亡くなったことも承知していた。

「なんで承知じゃ」

「村崎どの、お子があっては都合が悪うございますかな」

「そうではないが、わしの屋敷の内情についてよう承知ゆえ訊き返したまでじゃ」

「八丁堀の与力同心方は、嫡男がおられるか否かが大切でございましょう。村崎家は季一郎どのが八丁堀の道場でも俊才と評判でございますそうな」

「ふむ、さようなことまで承知か。油断がならぬな、会所の裏同心は」

村崎が警戒の表情を見せた。

幹次郎は、村崎が廓の外の編笠茶屋に新しく奉公した女衆などを口説くとき、独り身を売りにしていることを承知していた。

「長い付き合いではございませぬか。村崎同心どのの身内を承知しているのは、吉原会所の奉公人の当然の心がけにございます」

「ふむ、そなた、わしの身内の探索をなすより、そなたの家に、わしをなぜ招かぬか」

村崎が応酬した。

「なぜと申されましても、町奉行所の隠密廻り同心どのと吉原会所の陰の用心棒が廓以外でお付き合いをなすのは、よきことよりも悪しきことのほうが多くございましょう。ゆえにうちでは一切、さような交際をしておりませんので」

「言いおったな」

今朝の村崎同心はしつこかった。

「そのほう、定町廻り同心の桑平市松と昵懇というではないか」

「ご存じのように、御用の上で桑平どののお力と知恵を借りたことはございますがな、一、二度のことですぞ、いや、三度か四度か。ともあれ、当然のことながら廓の外の御用にての付き合いでござる」

「真か」

と村崎が念押しし、

「むろん」

と幹次郎が短く応じた。

村崎同心が大門の内側の面番所のほうへと手招きした。内緒ごとでも告げる気か。

「なんでございますな」

「あやつの女房が不治の病というのは承知であったな」

「いつぞや村崎どのから聞かされましたな」

「わしも偶さか八丁堀の医師にな、内密というて聞かされたのじゃ。桑平の女房雪は余命半年とはあるまいとの話じゃ」

「なんと」

と幹次郎は驚いてみせた。

「雪様と申されますか、桑平どののご新造どのは」

「おう、あの一家にも兄弟ふたりがおる。なかなか愛想がよいがな、余命半年ではのう」

愛想がいいのが倅のことか雪のことか、村崎の言い方は不明だった。

「八丁堀で療養なさっておられますので」

「いや、雪の出自は八丁堀ではない、川向こうの横川の、業平橋近くの小作人だ。ゆえに実家で療治をしているそうな。おお、かようなことは一度そなたに話したことがないか」

「お聞きしたようなしないような」

「いくら吉原会所の裏同心などといういい加減な務めでも、一度聞いたことを忘れてよいわけがなかろう、しっかりせよ」

「はっ、真にもってお恥ずかしい次第にござった」

「神守、妙なことがあるのじゃ」

と村崎同心が言い出した。

「なんでございますな」

「八丁堀のとある同心の女房が、雪の見舞いに、その小梅村の実家を訪ねたそうな。桑平の女房とその同心の女房は、仲がよかったようでな、それで見舞いを思い立ったのだろう。ところが雪の実家を訪れてみるとな、雪は不在でな、雪のお袋に訊くと、病治癒のために伊香保に湯治に行っていると答えたというのじゃ」

「ほう、伊香保に湯治でございますか。するとだいぶ病が快復したということではございませんか。旅ができるくらいですからな」

幹次郎は桑平雪の病が小康状態にあるものの完治することはないと、蘭方医桂川甫周の口から直に聞いて承知していた。

雪の実家では、実家とは別の場所で療養をしていることを八丁堀には知られたくなくて、亭主の桑平市松と相談した末に、八丁堀から突然見舞い客が訪ねてきた折りは、

「伊香保へ湯治」

という返答をすることに決めていたのだろう。

「おい、神守幹次郎、八丁堀の医師が診立てたのじゃぞ。いくらなんでも上野国伊香保に旅ができるものか。また死を覚悟してのことなら、亭主の桑平市松がいっしょに行かぬのはおかしくないか」

「どこかおかしゅうございますか」

「亭主は素知らぬ顔で御用を務めておるのじゃぞ」

「桑平どのは御用熱心な定町廻り同心どのですからな。きっと、雪どのの親類縁者の者が同行したのではございませぬか」

ふん、と鼻で返事をした村崎が腕組みして、

「そなた、ほんとうに雪の行方を知らぬのか」

「存じません。桑平どのが江戸で御用を務めておられる以上、雪どのは伊香保で湯治に努めておられるのでしょう。ご子息がたも未だ幼いと聞いておりますか

らな」

「あやつな、定町廻り同心にしては要領がいいとは言えん。どこから女房の湯治代を捻り出したか」

村崎同心の疑心はそこへ向けられた。

「村崎どの、そなたの女房どのが不治の病と医師に宣告されましたら、そなたはどうなされますな」

「あれはせいぜい風邪をひく程度の女子じゃ、不治の病などあり得んわ」

「それがし、譬えを申しておるのです。そなたもそうなったら、どのようなことをしても湯治の費えくらい工面なされましょう」

まあな、と心にもない返事をした村崎が、

「あやつ、どこからか金子を工面しておらねばおかしい」

と首を捻った。

「村崎どの、それがしの忠言をひとつだけ聞いてくれませぬか」

「なんじゃ」

「桑平どのは雪どのの病のことで内心悩んでおられます。かような際は、じいっと見守ってやるのが朋輩の思いやりというものではございませぬか」

「黙って見守れというか」

「はい」

「わしは親父の代から隠密廻り同心、吉原の面番所勤めじゃぞ」

「不足ですか」

「町奉行所の花形は定町廻り同心に尽きるわ。わしも一度くらい定町廻りを務めて腕前を発揮したい」

「まさか桑平どのの後釜を狙っておいでではございますまいな」

幹次郎が冷ややかな眼差しで村崎同心を見た。

うむ、と、自分の発言を思い起こしたか、村崎同心は慌てて顔の前で手をひらひらと振り、

「さような意で告げたのではないぞ。いいか、思い違いをせんでくれよ」

と言い残すと面番所に急ぎ入っていった。

二

幹次郎が吉原会所の腰高障子を引いて敷居を跨ぐと、嶋村澄乃が老犬遠助の毛

並みを整えていた。

遠助は火鉢の傍の土間に敷かれた古綿入の上で気持ちよさそうに目を瞑って、澄乃の手入れを満足げに受け入れていた。

「その分じゃと、昨夜、騒ぎはなかったようじゃな」

「不寝番の金次さんの話では、京町一丁目の若松楼で禿のひとりがおもらしをして、楼の男衆に折檻を受けて騒ぎになり、客が止めに入ったようで。大騒ぎになって金次さんたちが間に入ったそうです」

「禿はいくつだな」

「九つと聞いております。名はたしかおさと、愛らしい顔立ちの子供衆です」

「九つか、寝小便する歳ではあるまいが」

「いいえ、神守様、十一、二でもおもらしをする子はままおります」

と澄乃が言い切った。

「そうか、そのような歳まで寝小便をする娘がいるか。考えてみれば九つくらいで暮らしががらりと変わるのじゃ。なにがあっても不思議はないか」

「柘榴の家にはお子様がおられませぬゆえ、さようなことはお分かりになりませんか」

澄乃が幹次郎に言った。

幹次郎は、なんとなく澄乃も寝小便の経験がありそうな気がした。むろん口にできることではない。

ふと遠い昔を思い出した。旧藩の下士ばかり住む御長屋で、寝小便をした夜具を泣きべそをかきながら竹竿に干していた足田甚吉の姿をだ。あいつは七つ、八つにはなっていたなと思った。

「どなたか思い当たる方がございますか」

「ないではない」

遠い昔の記憶を口にはしなかった。

「地蔵はしませんよね」

「地蔵か、聞いたことがない。黒介が親代わりで世話をしているせいかのう。寝小便はせぬようだ」

「神守様、地蔵は賢い仔犬です」

と澄乃が言い切った。

「かわいい盛りじゃな。うちの女衆に可愛がられている。あれは大きくなりそうだ、ようめしを食うでな。地蔵の食い扶持をしっかりと稼がねばいかぬな」

しばし間があって、

「いつものことですが、面番所の村崎同心に捉（つか）まっておられましたね」

「埒（らち）もないことを言うておった。奥座敷に挨拶してこよう」

と幹次郎は腰から刀を外すと草履（ぞうり）を脱いだ。

桑平家の新造雪の病は、幹次郎と四郎兵衛しか会所では承知していなかった。ゆえに澄乃とこの話柄に触れるのを避けたかった。

奥座敷では、四郎兵衛が煙管（キセル）を弄（もてあそ）びながらひとり笑みを浮かべていた。

「お早うございます。なんぞよき話がございましたか」

「まあ、あるようなないような」

と応じた四郎兵衛がその話柄からいったん間を置いた風で、

「相変わらず村崎様に捉まっておいでのようだ」

と勘（かん）を働かせた。

幹次郎は四郎兵衛に膝行（しっこう）していつもより近づき、

「桑平雪どのが実家に戻っていないことを、村崎同心が八丁堀の同輩の女房から聞き知ったようです。雪どのの実家では伊香保に湯治に行っていると、見舞い客に病人の留守を説明したそうな」

「いつかは知られるとは思うておりました」

四郎兵衛が考え込んだ。

「こういったことには村崎同心はなかなかしつこうございますでな。なんぞ知恵を絞ったほうがよかろうと思います」

「七代目に思案がついた折り、それがし、桑平どのと会い、その思案に従います。それでようございますか」

「半日ほど時間をくだされ」

四郎兵衛が幹次郎に応じた。

「七代目、最前の話でございますが、よき話とは内緒話にございますか」

「いえ、内緒ではございませんな。汀女先生が最初に気づかれたそうです」

「姉様が気づいたですと。手習い塾で、よき出来事がありましたか」

「そのような様子がございますので」

「いえ、さような話は聞いておりません。となると」

と幹次郎が思案した。そこへ玉藻が茶を運んできた。

「お早うございます」

と玉藻に挨拶した幹次郎は、

「うーむ、なんでございましょうな」

「やはりご存じないようじゃ、玉藻」

「あの話なの、ちょっと恥ずかしいわ」

と玉藻が照れた。

「いよいよ分かりませんな」

「神守様の勘はなかなかのものと思うておりましたが、身内同然じゃと働かぬようですな。玉藻が懐妊したのです。順調ならば来年にはこの四郎兵衛は爺様です」

「おおー」

と驚きの声を漏らした幹次郎は、

「玉藻様、七代目、おめでとうございます」

と祝い(いわ)の言葉を述べた。

「考えてみれば正三郎さんと夫婦になられたのです。さような話があってもなんの不思議もない。で、姉様が玉藻様の懐妊に気づきましたか」

頷いた玉藻が、

「むろん当の私はいささか気分が悪いとは思うておりました。汀女先生に指摘されて、まさか、と思いました。歳が歳ですからね」

「いえ、玉藻様は未だお若うございます。引手茶屋の女将ゆえ、それがし、うかつにも玉藻様がお若いことを忘れておりました」

幹次郎が言い訳した。

「私とてこの歳で孫に恵まれるとは、思いもかけないことでした」

嬉しそうに四郎兵衛が繰り返した。

「いや、なんにしてもめでたいことです。当然、正三郎さんは喜んでおられましょうな」

「昨日、お医師の診断を受けて話しました。あの喜びようは尋常ではありませんでしたよ。まるで、子供が親から念願の玩具でももらったような喜びようでした」

と玉藻が笑った。

幹次郎は懸案の提案は、

(これで消えたな)

と考えた。

「なんぞ祝いを考えねばなりませんな。いや、まず会所の番方や隣の茶屋の奉公人方に知らせねばなりますまい」

「神守様、お武家様の奥方が懐妊したわけじゃないのよ。知れるときには知れるわよ」

と玉藻が照れたように言った。

「いや、めでたき話は知らせるべきです。会所の連中にはそれがしから話してようございますか、玉藻様」

「そんな大げさな話なの」

と応じた玉藻も、内心嬉しさを隠し切れない表情をしていた。

「この役目はそれがしにぜひさせてくだされ」

と願った幹次郎は茶を喫した。すると玉藻が、

「となると、隣はどうしよう」

と引手茶屋山口巴屋の奉公人にどう伝えようかと案じた。

「七代目の役目ではございませぬか」

「その要はなさそうですな。正三郎がもはや口にしているような気がします。考えれば亭主の役目、爺様が出る場ではございますまい」

と四郎兵衛が言い、

「となると、それがしも会所に隣から伝わらぬうちに使者の役目を果たしましょう」

と茶を喫し終えた幹次郎が立ち上がった。

「神守様、そう大げさにしないでくださいね。私、いささか恥ずかしいもの」

玉藻が落ち着かない顔をした。

幹次郎が会所に戻ると、折りしも番方らが朝の見廻りから戻ってきたところだった。

「番方、世は事もなしか」

「世というのが廓のことならば大きな騒ぎはありませんな。なんぞ神守様のほうに御用が飛び込みましたか」

「御用ではないが、めでたき話をただ今聞いた」

「なんですね、めでてえ話ってのは」

仙右衛門が訊き返し、

「正三郎さんと玉藻様に子が生まれるそうじゃ。七代目はめでたくも爺様になられる」

「えっ、女将さんが腹ぼてか」

金次が素っ頓狂な声を上げ、澄乃が、

「金次さん、正三郎さんと玉藻様はご夫婦よ、子供が生まれてなぜおかしいの」

と突っ込みを入れた。

「そ、そうだよな。夫婦に子供が生まれて不思議はねえよな。おれなんかさ、会所に奉公したときから、玉藻様は引手茶屋山口巴屋の女将だ。なんとなく年上と思ってきたが、未だ若いんだよな。ふーむ、こりゃ、めでたいや」

と自らを得心させた金次が幹次郎を見て、

「神守の旦那のところも子供はどうだ」

と矛先を転じた。

「うちとこちらとはだいぶ歳が離れていよう。まず無理じゃな」

と言った幹次郎が、

「なんぞ祝いを考えぬといかぬな」

と言い残し、

「番方らに代わって廓内をひと回りしてこよう」

と、この朝選んだ津田近江守助直を腰に、手に菅笠を持った。

「お供しますか」

澄乃が言った。

「考えごとをしたいでな、ひとりで参ろう」

と言い残して会所の外に出た幹次郎の耳に、

「神守様の考えごとってのは曲者だ。なんぞ事が起きるぜ」

と金次の声がして、ばしり、と頭でも叩かれたか、

「あ、痛え、番方」

と泣き言が追いかけてきた。

吉原には長閑な刻が流れていた。

仲之町には野菜や卵や菊の花を売る店の他に、煤払いの竹を売る若い衆が加わっていた。

師走十三日にすだれの掛かる二階屋の、軒下などの煤を払うための煤竹を、竹売りが仲之町で売った。幹次郎は菅笠を被りながら、

「明日は煤払いだったな」

と煤竹売りの若い衆に声をかけた。

「そういうことだ、会所の旦那」

と若い衆が応じた。

この煤竹売りは二十日を過ぎると餅つきに変じて、出入りの妓楼や茶屋を回って歩いた。この連中、吉原近くの三ノ輪や金杉の若い衆だ。

「師走は書入れじゃな」

「お城のどなた様かがよ、「倹約しろ、贅沢はするな、絹物は身につけるなって仰るがよ、師走くらい銭金が動かないと景気がつかないぜ」

と松平定信の名こそ挙げなかったが寛政の改革を非難した。

「せいぜい稼いでくれ」

「煤竹はいくらなんでも贅沢のうちに入らないよな」

「不安なれば面番所の同心どのに尋ねてみよ」

「冗談はよしてくんな、神守様よ。あいつは長年出入りのおれたちに一々文句をつけてよ、なにがしかツケ届けを持ってこいと嫌がらせを言いやがる。煤竹売って、いくらになるってんだよ。弱いものいじめだぜ、村崎って同心はよ」

と小声で訴えた。

「そうか、そなたたちにも嫌がらせをなすか。そりゃ、持ち込み先が違ったな」

幹次郎は江戸町一丁目の蜘蛛道に潜り込み、天女池に出た。

師走の日差しが水面を照らしていた。お六地蔵と名づけられた野地蔵の前に来ると、菊の花が飾られていた。

一揖した幹次郎は西河岸（浄念河岸）への蜘蛛道に入り込んだ。訪ねた先は初音の局見世（切見世）だ。

「おや、旦那独りで見廻りかね」

「思いついてね」

「旦那の思いつきはこわいやね」

「桜季はどうしたな」

「開運稲荷の掃除をしたあと、その足で山屋に行くとさ」

刀を手にした幹次郎は狭い土間に入り、上がり框に腰を下ろした。

「桜季をそなたの見世に預けて早四月が過ぎたか」

「旦那、そうあっさりと早四月なんて言わないでくれませんかね。局見世に暮らす若い娘にとってどれほど大変か」

幹次郎は頷き返し、

「そなたに確かめておきたい」

と言った。すると幹次郎の言葉に、初音がかぶせるように反対に質した。

「旦那はどうやら、桜季を五丁町へと戻すつもりだね」

「ならぬか」

「神守の旦那の考えに反対できる者は廓内にそうはいないよ。おまえ様は吉原の仕来(しき)たりも習(なら)わしもすべてぶち壊してくれますからね、さぞや気持ちがすっきりしてましょうね」

「嫌(いや)みを言わんでくれぬか。それがしもそれなりに悩んでおるのだ」

「そう聞いておきましょうかね」

と言った初音が、

「桜季はもうどこの楼に戻っても一人前の新造(しんぞう)になれるよ。それもこれも旦那の荒療治(あらりょうじ)のお陰だ」

「いや、違うな。そなたや、山屋の者たちが桜季を受け入れてくれたからだ。この吉原でも独りでは生きていけぬということを肌身に感じ取ったというのなら、それがしは三浦屋四郎左衛門様にお願いしてみようと思う」

「ほう、やはり三浦屋に桜季を戻すつもりですか」

「ならぬか」

「最前から言うていますよ。神守の旦那には、ならぬことなどなにもない。横車(よこぐるま)を押しながら人に憎(にく)まれないのはなぜかね」

と初音が苦笑いした。

「いつ三浦屋さんに頼みなさるね」

「区切りよく、今年の大つごもりの宵にと思うているのだがね」

初音がしばし沈思した。返答は決まっているのだが、それを頭の中でもう一度確かめている風情だった。

「旦那に注文をつけていいかね」

「そなたの注文ならばこの神守、なんなりと聞こう」

「旦那が腹を固めたのならば、局見世の垢に少しでもまみれないように一日でも早いほうがいいよ。三浦屋の旦那がうんと言うかどうか、おまえ様の覚悟が試されるときだよ。わたしの考えじゃね、明日の煤払い前に桜季を三浦屋に戻し、奉公人といっしょに煤払いをさせるんだね」

と言い切った。

こんどは幹次郎が沈黙して考え込み、口を開いた。

「相分かった。これから三浦屋を訪ねて四郎左衛門様と女将様に頭を下げてみる。死ぬ覚悟で頼んでみよう」

「大仕事だ、それしか手はないね」

と初音がほっとしたような、それでいて寂しさを押し殺した顔で幹次郎に言った。

「初音、もうひとつ相談ごとがあるんだが、聞いてくれぬか」

「なんだい、死ぬ覚悟の大仕事におまけがついているのかえ。一体全体相談ごとってなんだえ、言ってごらんよ。神守幹次郎って人の言葉を聞いてね、驚く初音じゃないよ」

幹次郎は初音に胸の中で考えていたことを懇々と告げた。その話の途中から、初音は煙管に刻みを詰め込んで手あぶりの火を移しながら、思案していた。

話を聞き終えた初音が、

「神守幹次郎は、どこまで馬鹿か、どこまで利口か区別がつかなくなったよ。私の返答は容易いね。ものごとには順序がある、そいつを忘れてふたつを抱き合わせるとひとつ目の大事が壊れるよ」

「それも分かっての上だ」

「どうやら利口じゃないってことが分かったよ。汀女先生も、薄墨さんも、いや、今じゃ加門麻様だったね、そんな神守幹次郎に惚れたのかね」

と応じた初音の目に涙が浮かび、厚塗りの化粧を流れる涙が落としていった。

三

幹次郎は、開運稲荷にお参りして廓内の南側を回り、水道尻に出た。

半鐘の下がった火の見櫓には、浅草奥山の芸人を辞めて吉原の火の番、略して番太に職替えした若い衆の新之助が吉原会所の印半纏に紺の腹掛、股引に、三尺帯をきりりと締めて台提灯の手入れをしていた。

片足が不自由なのだが、新之助は気にする様子もなく、

「神守の旦那、吉原の師走というのはかように静かなものですかえ」

と訊いた。

「どなた様かの倹約令の影響もあってのことかのう、いつもの師走より昼見世の客が少ないのはたしかだな」

松平定信の寛政の改革の柱のひとつ、奢侈禁止令のせいで吉原での大名家の留守居役や用人たちの「打合せ」と称する集いが減っていた。

武家方が吉原を使うのは、夜見世より昼見世が多かった。

夜、屋敷内で事が起こったとき、留守居役、用人らが不在では申し開きが立た

なかった。そこで大名家が詰めの間を同じくする者同士の「打合せ」は、吉原の昼見世で行うことが多かったのだ。むろん「打合せ」は、遊びに過ぎない。田沼意次時代の、遊興優先の放漫に堕した政を見直そうとする老中松平定信の引き締め策、寛政の改革は決して評判がよいとはいえなかった。とはいえ、吉原で催す長年の習わしであっても、「打合せ」を幕府の触れに逆らって強行する大名家の留守居役らはいなかった。

その分、吉原の昼見世が寂しかった。

新之助はそのことを言っているのだ。

「そなたのいた奥山とて客足は少なかろう」

「お上の意向には逆らえませんや。我慢辛抱にも限りがございましょうが、しばらく寝たふりをしているしかございませんか」

「十八大通のような遊び人はいなくなったな」

「神守様よ、噂に聞くが十八大通方は、真に座敷や仲之町に小判の雨を降らしていたのかね」

「野暮の遊びだが、吉原の茶屋や妓楼としては以前が懐かしかろうな」

幹次郎も札差連など、金持ちの旦那衆の馬鹿げた遊びを知らないわけではなかった。

「水の流れは戻りませんかえ」

「しばらくはこのご時世が続こうな」

「神守の旦那、吉原に景気を呼び戻す派手な打上花火を上げてくれませんか」

「それがしは吉原会所の陰の奉公人じゃぞ、さような力はないな」

と応じた幹次郎は仲之町へと歩き出した。

京町一丁目の木戸は潜らず、蜘蛛道のひとつに入り込んだ。向かったのは吉原の大籬（大見世）、三浦屋の裏口だ。

昼見世前だ。

遊女たちは化粧をして昼見世に備えている刻限だ。

「おや、神守の旦那が裏口から姿を見せると、どきっ、とするよ」

三浦屋の遣手のおかねが菅笠を脱ぐ幹次郎に言った。おかねの口に白い粉がついているところを見ると、台所で大福でも食していたか。

「おかねどの、見廻りにござる」

ふん、と鼻で返事をしたおかねは、

「吉原会所の腕利きが裏口から入ってきて見廻りだと、だれが信じるね。旦那は帳場だよ」

と、勝手に上がれと顎で命じた。

幹次郎にしても勝手知ったる三浦屋の一階だ。

「上がらせてもらおう」

菅笠を台所の上がり框の端に置いた幹次郎は、助直を外して手に提げ、帳場へと向かった。台所に続く板の間では、禿たちが番頭新造に指導されて化粧をし合っていた。

「精が出るな」

「神守様ほど働きはございませんよ」

番頭新造の頭分、青木がぶすりとした顔で言った。青木は、奉公を辞めて年末に平井村の実家に戻ることが決まっていた。

「それがしとて無沙汰を持て余してこちらにご挨拶に参ったところだ」

青木が幹次郎を無言で睨み、おかねが、

「その口に何人の吉原者が驚かされたかね、気をつけるんだよ、青木さんさ」

「おかねさん、百も承知だ。なにが起こっても驚かないよ」

幹次郎を見送った。

帳場の障子は閉じられていた。だが、障子の向こうから艾(もぐさ)の香りが漂(ただよ)ってきた。

「四郎左衛門様、会所の神守にございます」

「入りなされ」

四郎左衛門の声が聞こえた。

「失礼します」

と障子を開いた。すると按摩(あんま)の李休(りきゅう)が艾治療のあと始末をしていた。

「三浦屋の旦那、本日はこれにて失礼します」

と目の不自由な李休が帳場からそろりそろりと廊下に出た。

幹次郎は、帳場と廊下の間に段差があるところで躓(つまず)かぬように手を差し伸べようと身構えた。

「神守の旦那、有難(ありがと)うございます。でも、こちらは長年の出入りの妓楼、帳場はとくと足先が承知でしてね」

と言うと器用に廊下に下りて、四郎左衛門に一礼した。

幹次郎は李休が廊下を表口へと向かうのを見送り、障子を閉めた。

「なんぞございましたかな」

「神守様の相談ごとをひとつとして言い当てたことはない。だが、こたびはなんとのう察しがつきます」

「ちとご相談が」

四郎左衛門が身繕いをしながら言った。

「四郎左衛門様、振袖新造をひとりお引き取り願えませんか」

「やはり桜季のことでしたか」

「はい」

「もう四月以上ですか。局見世の暮らしに馴染んだようですな」

「初音さんや山屋の夫婦があの娘に情をかけてくれました」

「神守様、人の根性というものはなかなか変わらないものでございますよ」

幹次郎は首肯した。

「それを承知でうちに戻してくれと仰る」

「桜季の足抜しようとした理由のひとつは、薄墨太夫が落籍されて大門を出た一件といささか関わりがあろうかと思います」

「でしょうな。それでも桜季の足抜を許す理由にもなにもなりません。金子で女子を売り買いする廓の仕来たりは、お上がお許しになった御免色里の長い慣習でございますよ。桜季が足抜する言い訳にもなりませんな」

「心得ております」

幹次郎の返答に四郎左衛門は沈黙した。ふたりはこの一件に至った経緯も、その後のこともとくと承知し、向後（こうご）のことを推量しつつ四郎左衛門は幹次郎に念押しし、また幹次郎は四郎左衛門に応じていた。

長い沈思の間、幹次郎はひと言も口を開かず無言を通した。

「汀女先生からなんぞ知恵を授けられましたか」

「姉様は桜季の一件に関して、それがしになにか考えを述べることはございません。されど」

幹次郎は小袖（こそで）の懐（ふところ）から四つ折りにした紙片を二枚出した。それを四郎左衛門の前に広げた。

四郎左衛門は、客に宛（あ）てた文（ふみ）と思える二通を熟読した。

「これは桜季の筆跡（て）ですな」

「はい。こちらは、桜季が足抜前に姉様の手習い塾に通っていた折りの文のひとつでございます。そしてもう一通は、四郎左衛門様の許しを得て、局見世から手習い塾に戻った折りに認（したた）めた文でございます」

幹次郎の言葉に、四郎左衛門がいま一度二枚の筆跡と文の内容を凝視するように読み比べた。

「半年もしない間にこうも変わるものですか、別人が認めたようです」

「おそらく、事情を知らぬ人が読めば、二通の書き手は別人と考えましょう」

「このふたつの文をあの桜季が書いた」

四郎左衛門が繰り返して自問した。頷いた幹次郎が、

「加門麻が桜季と文を交わしていることはご存じですな」

「承知です」

「麻はそれがしどころか姉様にも、桜季から届いた文を一切見せたことはございません。こたびの一件で麻の考えを聞きました」

「加門麻様の返事は」

「『三浦屋の旦那様に申し上げてくださいまし、もはや桜季さんは愚かな真似は致しません』というのが返事でございました」

うんうん、と四郎左衛門が頷き、

「和絵」

と女将を呼んだ。

「おや、神守様がお見えでしたか。まさかまた厄介ごとを持ち込まれたんじゃないでしょうね。神守様の話は腰を抜かすようなものばかりですからね」

「その類だ」

と前置きした四郎左衛門が、幹次郎の提案を縷々と話した。その間、ふたりの前に広げられた文二通に視線を落として話を聞いていた和絵が、

「やっぱり腰を抜かしかねない話だよ」

と言った。

「女将さん、やはり無理でござろうか」

幹次郎の言葉に和絵が視線を虚空に預け、

「私もね、山屋の夫婦から桜季の変わりぶりを聞いておりました。でもね」

と言葉を止め、

「文は、人柄も魂胆も真っ正直に暴き出すよ。この二通の文は違う人物が書いたようだ、私は信じられないよ」

「どうだ、和絵」

四郎左衛門が女将に質した。

「おまえさん、わたしゃね、桜季が汀女先生の手習い塾に戻った日ね、あの場を隣座敷から見ていたんだよ。この娘がうちにいた桜季かとわが目を疑ったよ。別人だ、畳に額を擦りつけて汀女先生と朋輩に必死に願う姿にわたしゃ、涙が出たよ。こんな風にひとりの娘の心根を変えられるのは、神守幹次郎様しかいないやね」

と和絵が言い切った。

三浦屋の大所帯の頭分はむろん四郎左衛門だが、女将の和絵の厳しい観察がなければ成り立たない。

「わたしゃ、神守幹次郎様を信頼するよ。吉原のどぶ水にいったん浸かった振袖新造をもう一度うちで試してみようじゃないか」

四郎左衛門が和絵の言葉に賛意を示すように頷いた。

「神守様、いつ桜季をうちに連れ戻しますな。いえ、当人はこの話、承知でございますか」

「いえ、承知していません。こちらに来る前に初音と相談致しました。それがしは今年いっぱい西河岸で苦労をさせようと考えておりましたが、初音は、明日の煤払いの日から三浦屋に連れていき、煤払いからやり直させなされと勧めてくれました。それがしも、初音の言葉に従うのがよかろうと思いました。三浦屋さんはいかがでございますか」

「明日とはまた早うございますな」

「おまえさん、神守様のやることには、いつでも私たちの腰を抜かすほど驚かされるよ。だけど、こたびはそうでもないやね」

と和絵が笑い、四郎左衛門が苦笑いしながら頷いた。

「ならば明日、それがしが桜季をこちらに連れて参ります」

「西河岸の局見世に落ちた新造が五丁町に戻るなんて、前代未聞の話ですよ。神守様でなければできない荒業(あらわざ)です」

「桜季の新たなる出立(しゅったつ)でございます、宜(よろ)しくお願い申します」

と幹次郎が頭を下げた。

「待ってくだされ、神守様。こたびの一件はね、うちで最初に甘やかしたことも桜季のあのような不祥事(ふしょうじ)を呼んだのです。神守様が頭を下げられる話ではございませんよ」

四郎左衛門が言い、

「桜季を改めて育て直してみますよ」

と和絵も言った。そして、

「これだけ神守様に苦労をかけたんですよ。おまえさん、神守様になんぞ礼をしなくちゃね」

と和絵が言い出した。

「女将さん、吉原会所の日陰者の務めのひとつです。それがしに礼など考えんでくだされ」

と幹次郎が願った。

「和絵、礼のことはゆっくりと考えようか。どうもね、神守様の相談ごとはひとつじゃなさそうだ」

四郎左衛門が幹次郎の顔色を見抜いたように言った。

「なに、まだ頼みがあるの、神守様」

和絵が問い質した。

「もうひとり、こちらで奉公させてもらいたい御仁がございましてな」

「ほう、桜季の他にと言われると、廓内ではございませんな」

「いえ、廓内でございます」

「うむ、廓内ですと」

四郎左衛門が考え込んだ。

「いえ、禿とか新造ではございません。三浦屋でどのような下働きでもすると当人は申しております」

「だれですね、神守様」

「初音です」

「なに、桜季が世話になった初音がうちで働きたいと言うておりますか」

「いえ、それがしが初音の胸のうちを訊いてみたんです。歳が歳です、遊女として勤めるのは、もはや西河岸ですら無理がございましょう。とはいえ、廓の外に知り合いはないそうな」

「驚きましたな、神守様の気遣いには」

四郎左衛門が漏らし、
ふっふっふふ
と和絵が笑った。

「おかしいか、和絵」

「この心遣いに亡くなった伊勢亀の隠居が惚れたんだね。不思議な人だよ、おまえさん、会所の裏同心だなんて曖昧な務めは勿体ないよ」

と言い出した。

「まあな」

と応じた四郎左衛門が、

「こたび桜季を蘇らせたのには初音の働きが大きい。その初音がうちで下働きがしたいというならば、なんぞ仕事を作りますよ」

「おまえさん、番頭新造の青木の奉公が今年いっぱいですよ。初音さんならば、うってつけで青木の後釜が務まりますよ」

和絵の言葉に、

「おお、そうだ」

と四郎左衛門が手を打った。

幹次郎は思わず、ふっ、と息を吐いた。

幹次郎は、蜘蛛道にある豆腐の山屋に立ち寄った。

昼見世の刻限、桜季の姿はなかった。西河岸界隈の掃除をしたり、汀女の手習い塾に出たりしているはずだ。

「おや、神守の旦那、桜季はおりませんぜ」

と主の文六が言った。

「いや、本日はそなたらに礼を申したくて立ち寄ったのだ」

「礼とはなんですね」

と文六が尋ね、おなつが、

「わたしゃ、分かったよ。桜季さんが五丁町に戻るんだ。そうでしょ、神守様」

と質して、幹次郎が頷いた。

「ああ、よかったよ。あれだけ気立てのいい娘が西河岸でくすぶっているのは勿体ないよ」

「おなつ、西河岸落ちは神守様の深い考えがあってのことだ。桜季が立ち直ったのは、神守幹次郎って御仁がいたからだ」

「いや、それがしはきっかけを作っただけでな、初音姐さんやこちらの一家の心遣いが桜季を立ち直らせたのだ。そのことを桜季がいちばん承知していよう」

「神守様、桜季さんの戻る楼はどこだい」

山屋ただひとりの奉公人の勝造が、不安と期待が半ばした顔つきで尋ねた。

「妓楼三浦屋だ」

「えっ、元いた大籬の三浦屋に桜季さんは戻るのか」

「つい最前、四郎左衛門様と女将さんの許しを得てきた」

「いつからだい」

「明日の煤払いの朝に、それがしが桜季を西河岸から三浦屋に連れていく」

「となると桜季さんがうちに来るのは今晩が最後か」

と文六が寂しげな声を漏らした。

「おまえさん、うちみたいな蜘蛛道の豆腐屋を、あんな娘が手伝ってくれていたのがおかしいんだよ。いよいよ桜季さんのまき直しだ。今晩、なにかご馳走を作るかね」

とおなつが言い、文六と勝造の男たちふたりが無言で頷いた。

四

幹次郎は天女池に出た。

なんと師走の天女池で釣りをしている男がいた。火の番の新之助だ。

「天女池に魚がおるか」

と幹次郎が声をかけると、

「さあてどうでしょう」

と新之助が悠然(ゆうぜん)とした口調で答え、

「神守様、魚ってやつは群(む)れが見えていても釣れないこともある。この濁(にご)った水の下になにがいるか、あるいはなにもいないか、夢を釣っているんですよ」

と言い足した。

「夢を釣る、か」

「へえ」

と新之助が応じたとき、天女池に桜季が姿を見せ、幹次郎に会釈(えしゃく)すると歩み寄ってきた。

「こんにちは」

と桜季が新之助に挨拶し、幹次郎に言った。

「新之助さんは山屋の豆腐が好きなんです」

「豆腐好きは、天女池で夢を釣っているそうだ」

「新之助さんなら夢を釣りそう」

桜季が笑い、幹次郎に視線を向け直した。

「ただ今山屋に立ち寄りましたら、おかみさんから神守様に会うようにと言われました」

桜季の言葉に頷いた幹次郎は一瞬、この場から離れるかどうか迷った。だが、新之助ならば、だれかれ構わず喋るまいと思い直した。

「桜季、明日の朝、初音の見世に迎えに参る」

「迎えに、でございますか」

「そうじゃ。明日からそなたは出直しじゃ」

「出直し」

桜季は、己の新たなる出直しが何を指すか直ぐに思い当たらない様子だった。

「桜季さん、よかったな」

新之助がその問答の意を察して言った。

桜季の眼差しが新之助から幹次郎に向けられた。

「初音姐さんの局見世からどちらに移るのですか」

「三浦屋じゃ」

「おおー」

新之助が叫び、桜季は、

「三浦屋に戻れるのでございますか」

と驚きの顔で幹次郎に問い質した。

「嫌か」

しばし無言だった桜季が顔を横にゆっくりと振った。

「驚きました」

「四郎左衛門様と女将さんの許しは得てある」

と言った幹次郎が、

「桜季、元の三浦屋に戻るのはそなたにとって厳しい試練が待ち受けておるということだ。じゃが、ただ今のそなたなら必ず辛抱できるはずじゃ。そうでなければ初音姐さんや山屋一家の親切を仇にして返すことになる」

桜季の目が潤んだ。だが、涙は堪えた。

「神守様、有難うございました」

と深々と頭を下げた。

新之助が釣り糸を上げた。針の先に餌はつけられていなかった。

「神守様、ね、天女池では夢って魚が釣れるんですよ」

「夢はかたちにしてほしいな」

「桜季さんならば必ず」

と新之助が言い切った。

幹次郎は夜見世前に吉原会所に戻ると、桜季の一件を四郎兵衛に報告した。話を聞いた四郎兵衛が、

「なんとかね、花を咲かせてもらいたいもんですね」

「ただ今の桜季なれば、なんとか辛抱我慢して大輪(たいりん)の花を咲かせましょう」

頷いた四郎兵衛が、

「桑平同心に会いますかな」

と話柄を変えた。

「ご新造の雪どのの件でございますか」

頷いた四郎兵衛が、

「八丁堀界隈に妙な噂が立っても桑平様がお困りでしょう。まあ、その折りはどこぞで静養中ということで押し通すということでどうでしょうな」

「相分かりました。明日の昼の刻限には会えましょう。その折りに話しておきます」

と、夜廻りに付き合うつもりで幹次郎は四郎兵衛の前を辞去しかけた。

「四郎兵衛様、玉藻様の懐妊、ようございました」

幹次郎は朝の問答を繰り返した。

「まさかこの歳で孫に恵まれるとは思いもしませんでした」

と応じた四郎兵衛が、

「神守様、この一件と過日の話は切り離して考えてくだされよ」

と釘を刺した。

幹次郎は頷くと会所に戻った。すると、番方の仙右衛門と澄乃のふたりが会所に残っていた。

「なんぞ七代目の御用ですか」

「それがしのお節介のあと始末じゃ。その一件については明日番方に聞いてもらう。すまぬが明日まで待ってくれぬか」

「なんのことだか思い当たらぬが、明日というなら明日まで待とう」

仙右衛門が受けた。

「澄乃、見廻りに行かぬか」

と誘った。

「留守はわしがしよう」

との番方の返事にふたりして会所を出た。すると京町一丁目から出た花魁道中の箱提灯が見えた。定紋から見て三浦屋の高尾だろう。

「茶屋は山口巴屋かな」

澄乃に尋ねた。

「訊いて参りましょう」

と澄乃が七軒茶屋の一、山口巴屋に入っていった。が、直ぐに出てきて幹次郎に頷き返した。

「澄乃、ちと高尾花魁に願いごとをしたい。しばし待ってくれぬか」

幹次郎の言葉に澄乃がしばし間を置いて、

「太夫にその旨伝えますか」

と尋ね、幹次郎が首肯した。

仲之町に出向くことを旅に見立てて、花魁道中と呼んだ。全盛を誇る花魁だけに許された特権だ。道中のあと、馴染の客が来るのを引手茶屋で待った。茶屋で見世を張ることを仲之町張りと呼び、これもまた花魁の特権だった。

澄乃は、花魁道中に新造として加わったことがあり、道中も仲之町張りも承知していた。

「頼もう」

幹次郎は山口巴屋の土間に入り、澄乃は仲之町の奥へと向かった。

高尾の道中はゆるゆると外八文字の足の運びで進み、大門の方角へと進むたびに客の男たちから溜息が漏れた。

いつの間にか澄乃が戻っていて、幹次郎に頷き、報告した。

「意は伝わったと思います」

「助かる」

晴れやかな仲之町張りの花魁に、吉原会所の裏同心が急用でもなく話しかけてよいわけはない。番方以下、会所の男衆も陰の者だった。裏同心の幹次郎も澄乃も同じことだ。

幹次郎がしばらく待っていると、高尾太夫の道中が引手茶屋山口巴屋に着いた。いつもは揚縁に腰を下ろす高尾が、

「御免なんし」

と山口巴屋の表口に入った。

そこに幹次郎が待っていて話しかけた。

「花魁、呼び立てて申し訳ない。そなたに許しを乞うておきたい」

「なんなりと。わちきを身請けしてくれると申されますか」

「ご冗談を。それがし、会所の用心棒に過ぎませぬ」

「冗談でありんす」

真面目な顔で高尾太夫が言い、幹次郎は先手を取られたかのように間を置いて、
桜季が三浦屋に戻ることを告げた。

「むろん主様方の許しは得てござる。あとは高尾太夫のお許しを得たいと思うたのじゃ」

高尾がしげしげと幹次郎を見た。

「冗談を言うておられる顔ではなし、驚きました」

「高尾太夫のもとで新造を務めさせてくれなどと、それがしが頼めたものではない。じゃが、吉原では許されざる所業を重ねた娘に、もう一度機会を授けたいのだ。この通りお願い申す」

幹次郎が頭を下げた。そこへ山口巴屋の女主玉藻が姿を見せ、一瞬にして事情を察したようで、

「花魁、神守幹次郎の真骨頂ですよ。こうして願われると断わりにくくはござ

いませぬか」

とふたりの間に横たわる共通の出来事に触れた。

「玉藻様も承知か」

「たった今お父つぁんから聞かされて驚きました」

ふうっ

と高尾が息を吐くと香の香りがした。

「玉藻様、このお方、どこまで優しいお方ですか」

「高尾太夫、正直申してこたびの荒業、いくら神守幹次郎といえども難しかろうと思うておりました」

「わちきも、いったん西河岸の水に染まった女子がどうなるものかと考えておりました」

「それを神守様は最後の最後まで面倒をみて立ち直らせた」

「花魁、玉藻様、面倒をみたというならばそれがしではない。また、桜季にとって大事はこれからでござる」

ふっふっふふ

と高尾太夫が忍び笑いをして、

「ようございます。桜季はわちきのもとで新造に戻ってもらいます」

と言い切った。

「なんとも有難い思し召しにござる」

「神守様、わちきに借りを作りなさった。いつの日か必ず返してもらいます」

と幹次郎に真剣な顔で言った高尾は、山口巴屋の表に戻っていった。するとすでに客が来ていたか、花魁道中が組み直されて、客といっしょに三浦屋へと戻っていった。

その道中を見送った玉藻が、未だ茶屋の暗がりに立つ幹次郎を見て、

「神守様、高い借りを作りなさったわね」

と言った。

高尾太夫の去った花魁道中のあとを、幹次郎と澄乃がゆっくりと水道尻へと向かっていった。

「神守様、桜季さんが三浦屋に戻られますか」

と澄乃が尋ねた。おそらく、高尾太夫に頼みごとをする幹次郎に、澄乃はそのことを察したのであろう。頷く幹次郎に、

「桜季さんは大丈夫、立ち直られます。それにしても桜季さんは幸せな新造です」

「幸せか。これからが大変じゃぞ」

「戻った先が三浦屋です。そして、高尾太夫が桜季さんの身を引き受けられたのではありませんか」

「まさかとは思うたが、太夫のもとで改めて新造を務めることになった」

「お侍が他人のために頭を下げられる。私は初めてでございます、神守幹次郎様のようなお方は」

「それがしの性分かのう」

と幹次郎が呟いた。

「こちらへ」

と、澄乃が角町の木戸口へと幹次郎を誘った。

「なんぞ御用があるのか」

「未だそこまでは知れておりません」

と澄乃が言った。

「引手茶屋浅田屋ですが、見番芸者が出入りします」

「引手茶屋なれば幇間、見番芸者は出入りしよう」

引手茶屋浅田屋は、山口巴屋など大門口にある七軒茶屋ほど茶屋の格は高くはないが、役者衆などなかなかの客筋で、凝った普請の引手茶屋として知られていた。これまで幹次郎は、浅田屋と関わりを持ったことがない。

「妙な噂を漏れ聞きました。見番芸者の三味線の佐八さんと新内の名人助六さんが浅田屋で客と床入りしているというのです」

幹次郎は澄乃を見た。

「その噂話はどこまで信じてよい」

見番芸者が客と寝る、つまり「転ぶ」ことは吉原では厳禁であった。妓楼の遊女の商いに関わることだからだ。

芸者が妓楼や茶屋に出向くときは、必ずふたり一組であり、一席が金一分だった。だが、客によっては芸者と遊ぶ時間を延ばした。「なおし」を繰り返し、昼夜雇えば金三分、その他に祝儀がついた。

さりながら見番芸者は、

「芸が売りもの」

であって、

ように、ふたり一組とした。つまりひとりだと情が移り、男女の間柄になる恐れがあったが、ふたりならば互いに見張り合うことができるというわけだ。

幹次郎が、その話をどこまで信じてよいかと質したのは、浅田屋の客筋が悪くなくこれまで悪い噂は聞かれなかったからだ。

「三味線の佐八さんと新内の助六さんは姉妹です」

「なんと」

と幹次郎はこの話を信じる気になった。

姉妹が示し合わせれば、「転ぶ」こともできないわけではあるまい。姉が三味線を弾いているうちに妹が客と寝て、反対に妹が新内節を語っている最中に姉が転ぶことはできないことではない、と幹次郎は考えた。

「ふたりが姉妹というのは知られていないのか」

「異母姉妹とか。顔つきも体つきもいささか異なります」

「となると、浅田屋はこの姉妹の行状を見逃しているというわけか」

「そこがどうもひとつ判然としていません」

と澄乃が言った。

「この話、会所ではだれが承知だ」

「神守様に初めて話しました」

幹次郎はしばし沈思しながら、澄乃といっしょに角町の突き当たりの羅生門河岸まで歩いてきた。

「浅田屋が承知となると厄介じゃな」

吉原会所の七代目頭取の娘は、同業の引手茶屋の主だった。曖昧な話は持ち込めなかった。

「澄乃、この話、番方に相談してみよ」

えっ、という顔で澄乃が幹次郎を見た。

「信じられませぬか」

「そうではない。このところそれがし、番方に断わりなしの仕事を繰り返しておる。番方たちの鬱々とした気持ちが分からぬわけではない。女裏同心の聞き込んだ話を番方に聞いてもらい、もう少し内偵を続けよ。荒っぽい話にはなるまいが、もしそうなった折りにはいつでも手伝う」

しばし間を置いた澄乃が、分かりました、と言った。

幹次郎と澄乃は羅生門河岸で左右に別れた。

澄乃は大門に近い明石稲荷に向かい、幹次郎は九郎助稲荷に足を進めた。

「浪人さん、遊んでいかない」

と切見世から白い腕が伸びてきて、幹次郎の袖を引いた。

「会所の神守だ」

「なんだい、神守の旦那かえ。師走だというのに客がつかないんだよ」

「悪しき日もよき日もあろう。ここは我慢のしどころだ」

「おまえさん、西河岸の初音姐さんを贔屓にしているってね」

「贔屓な、娘の居候を願ったのだ、贔屓もなにもあるものか。面倒をかけておるだけだ」

「三浦屋の新造だってね、神守の旦那はなにを考えているんだね」

「さあてな、どうなるか、それがしにも分からぬ」

と答えたとき、幹次郎はその夜訪ねる先を思い出した。

第二章　村崎同心の野心

一

幹次郎は、かつて水道尻の火の見櫓の下の番小屋で火の番をしていて、ただ今は吉原見番頭取の二代目に納まっている小吉を訪ねることにした。

小吉は義太夫の名人として鳴らしていたが、呑む打つ買うで身を持ち崩して番小屋の番太を務めていた。そんな小吉を、幇間・女芸者を組織し監督する見番頭取の二代目に抜擢したのは四郎兵衛だ。初代の大黒屋正六の横暴な所業を見兼ねてのことだ。

四郎兵衛の抜擢に応えた小吉は、数年前、水道尻から京町二丁目に場所を移して、吉原見番を確固たる地位に築き上げていた。

京町二丁目の一角にある見番は、夜見世を前に出入りがあった。

見番の一階は板の間で、三味線の稽古をしている芸者や煙草を吸っている幇間の姿が格子戸の向こうに見えた。

この当時、吉原の見番に登録した幇間は四十人余り、芸者はそのおよそ四倍の百五十人ほどがいた。妓楼付きの内芸者の他は、大半が五丁町の裏長屋に住み暮らしていた。

見番は間口こそ狭かったが奥行は深く、短冊のような鰻の寝床の一階は稽古場を兼ねた部屋で、仕事前は芸者や太鼓持ちとも呼ばれる幇間の息抜きの場所になっていた。二代目はこの二階に住んでいた。

「おや、珍しい人が姿を見せなさった」

と小吉が幹次郎を見た。

「新之助と話したせいか、そなたの顔が見たくなったのだ」

と幹次郎が笑った。

「神守様の訪いを受けて、どきりとしない妓楼や茶屋は一軒たりともありますまい」

煙管を煙草盆に叩きつけて灰を落とした小吉が、

「この刻限はご覧の通りにざわついていまさあ。ここんところ歩いてもいない。神守の旦那の見廻りに付き合ってもいいかね」

と立ち上がった。

「見番を留守にしていいのかな」

「番頭の昌吉がすべてを心得ていますのさ。わしなんぞ年寄りは居れば疎まれるだけでございましてね」

小吉は応じると表口に出てきた。

いつの間にか夜見世が始まったとみえて、清掻の調べがどこからともなく仲之町に流れていた。

「神守の旦那、ええことをしなさったね」

と小吉が幹次郎に言った。

「二代目、なんのことかな」

「神守様には思い当たる節がいくらもございましょうな」

「四郎兵衛様にいつ大門の出入りを禁じられるか、ひやひやしながら暮らしておるのだ。とはいえ、そなたが言うええことが思い当たらぬ」

忍び笑いをした小吉が、

「三浦屋の一件ですよ」

「まさか薄墨太夫の落籍話を指しているのではあるまいな」

「あれにはぶっ魂消たが旧聞だ。太夫は神守様のお屋敷におられるそうですね」

「お屋敷というほどご大層なものではないわ。寺町に囲まれた狭い敷地じゃ」

「柘榴の家の普請をわっしは承知でしてね、ええ、生臭坊主が妾のために拵えた妾宅でございましょ。坊主にしては大工の手がよかったかね、渋い普請だ。そこに新たに離れ家を建てなさったとか」

「ようこちらのことを承知じゃな」

幹次郎が小吉を見た。

最初に小吉に出会ったとき、身を持ち崩しての火の番だったが、今や見番頭取の二代目の貫禄が備わっていた。

「わっしが言いたかったことは、三浦屋の新造を西河岸に落としなさったことですよ」

「あの一件か」

「いつまで局見世に置いておくお積もりですね」

「明日には三浦屋に戻す」

幹次郎の言葉に小吉の足が止まり、幹次郎をしげしげと見た。

「驚いたね。そんな約定が四郎左衛門様と成っていたなんて」

「いや、なんの約定もなかった」

「たしか一時は薄墨太夫の後釜といわれた娘でしたね。そんな娘を老舗の大籬から局見世に落としておいて、また手を差し伸べなさったか」

「それがしにそんな力はない。十五の娘が初音や山屋の助勢を得て這い上がってきたのだ」

「そう聞いておきますか」

と小吉は言った。

「煤払いの明日に三浦屋に連れ戻す。この先は己の力で伸し上がるしかあるまい」

「神守様のことだ。高尾太夫にも頭を下げなすったね」

「こちらの動きをすべて承知じゃな」

「まあ、神守幹次郎って人物でなければ、かような大事はできませんや」

と言った小吉が、

「で、今宵の用事はなんですね」

と幹次郎を見た。

「未だ不確かな話だ。小耳に挟(はさ)んだことだ、調べてもおらぬ。ふと思い立って二代目に尋ねに来たのだ」

「見番のだれぞが不届(ふとど)きをしでかしたかね」

「覚えはござるか」

「幇間と芸者が二百人近くいますのさ。わっしの目の行き届かないことはございましょうな。言い訳にもなりませんがね。ずばりだれのことが知りたいので、神守様」

「三味線の佐八と新内の助六のことだ」

うむ、と小吉が正面に視線を向けた幹次郎の横顔を睨んだ気配があった。

「ふたりになにか」

「ふたりは異母姉妹じゃそうな」

「ほう、そのことを承知なのは廓内にそうはいませんぜ。別々の時期に見番に入ってきたので、ふたりが身内と知っている者は朋輩にも少ないはずだ」

「姉は蜘蛛道の裏長屋、妹は廓の外に住んでいるそうだな」

「山谷町(さんやまち)の長屋に住んでいまさあ」

「母親が違う姉と妹、仲はよさそうじゃな」

「三味線弾きと語りだが、血が半分いっしょのせいか阿吽の呼吸の芸は見事ですぜ。そうだ、薄墨太夫に訊かれたら、ふたりの芸はとくと承知です。薄墨さんはふたりの芸が好きでね、伊勢亀の先代の席には必ずふたりを呼ばれましたよ」

「ほう、麻も承知か」

「そうだ、もはや薄墨太夫じゃございませんね。加門麻様に戻られましたな」

「そういうことだ」

「で、姉妹がなんぞ噂になっておりますかえ」

「引手茶屋の浅田屋にも贔屓にされているそうな」

小吉が黙って頷いた。

ふたりの視線の先に、引手茶屋浅田屋の表が見えた。

「十日に一度、ふたりを名指しのお客様がおられるようで、六つ（午後六時）時分から四つ（午後十時）前まで呼ばれております」

「二代目はその客を承知か」

「そういえば、あの姉妹から聞かされたことはございませんな。まさか相手と懇ろになったなんて話ではございませんよね、神守様」

「ウラを取った話ではないゆえ、まずそなたに話を聞いたのだ」

「あの姉妹が転んだということですかえ」

「という話だ」

小吉が舌打ちをした。

「神守様のことだ、確信がなければわっしにかような話はしますまい。正直、あのふたりが転んだなんて話は聞かされたくなかった。うちの売れっ子芸者ですよ」

「五指に入る売れっ子じゃそうな」

「へえ、美形とは言い切れますまい。だが、姉は男好きする顔立ち、妹はあの新内の声音と節回しに客が惚れても不思議ではございませんな」

と応じて、さらに質した。

「この話、浅田屋が承知ですかえ」

「その辺も未だ分からぬ」

しばし黙っていた小吉が、

「わっしに下調べさせてください。まずはふたりの客の身許を洗い出します。その上で神守様に知らせます」

「いや、二代目、これから先は番方に相談してくれぬか」

「またなぜ」

「このところそれがしは廓の御用ともなんともつかぬ用事が多くてな、この一件は番方のほうが適任かと思う。番方は必ずそなたのところに連絡をかけようが、それがしの役目はここまでだ」

小吉が幹次郎の顔を正視して、

「おめえさんの働きは並みじゃないものな、会所の中で浮き上がったかえ」

「まあ、そんなところだ」

と答えた幹次郎は、小吉と水道尻の手前で別れた。

その夜のことだ。

幹次郎はいつものように囲炉裏端で汀女と麻を相手に遅い夕餉を食しながら、酒を酌み交わした。その折り、

「麻、ふたつばかり話しておきたいことがある」

「なんでございましょう」

最初の一杯でほんのりと桜色に染まった素顔の麻が訊き返した。

「よき話と悪しき話がある。どちらから話そうか」

麻が汀女を見て、

「よき話から聞きとうございますよねえ、姉上」

と尋ね、汀女が微笑(ほほえ)みの顔で頷いた。

幹次郎は手にしていた杯(はい)の酒を口に含み、喉(のど)へと落とすと膳(ぜん)に戻した。

「明朝、桜季を三浦屋へ連れ戻すことにした。四郎左衛門様、女将さん、高尾太夫には本日、許しを得た」

幹次郎の言葉にふたりの女がしばし目を見合わせて、

「桜季さんはもはや昔の桜季さんではございません。幹どのの厚意(こうい)を裏切る真似はしますまい」

と麻が言い切った。

桜季は薄墨太夫と呼ばれた吉原時代の麻のもとで、将来を期待される禿、新造を務めていた。桜季が大胆な行いに出たきっかけは、薄墨太夫の落籍だろう。太夫に捨てられたと思ったようで、衝動的に足抜を図ろうとした。だが、計画的であろうと衝動的であろうと足抜は官許(かんきょ)色里でも最も重い罪咎(つみとが)になる。

その行いは、幹次郎に大門前で阻(はば)まれて失敗に終わった。そんな桜季を西河岸で初音と同居させたのも幹次郎だ。

そして、足抜失敗から四月半、麻は桜季の変心を確信している口調だった。この数月、麻は桜季と毎日のように文のやり取りをして、桜季の心模様を察していた。文使いは幹次郎がなした。

「そなたにそう言われると少しばかり安心致した」

「幹どのは、桜季さんが己の立場を心得たことを信じておりませんので」

「麻、それがしのことを信じてかような所業を許してくれた三浦屋四郎左衛門様や女将さん、それに局見世に落とされた桜季を支えてくれた初音姐さんや山屋一家の厚意を無にしたくないのだ。ゆえにそなたに念を押しておる」

「幹どの、大丈夫ですよ、桜季さんは」

汀女も麻の考えに賛意を示した。

「手習い塾の桜季じゃが、当人の態度は別にして朋輩たちの考えはどうかな」

「幹どのの大胆な行いの真意をなかなか摑み切れない朋輩が未だ半数以上、ゆえに好奇の眼差しで手習い塾に戻ってきた桜季さんの姿を見ております。とは申せ、わずか二、三人ですが、無言ながら桜季さんの頑張りを静かに見守っておられる方も」

「姉様の気持ちはどうか」

「麻と同じ気持ちです。もしかしたら桜季さんは、麻や高尾様の跡継ぎになれるやもしれません。ただし桜季さんの前には、当面いばらの道が待っておりましょうね」

「姉上、幹どのの信頼を裏切る真似など、桜季さんはもう二度と致しません」

最後に麻が繰り返した。

幹次郎は小さな吐息を漏らした。安堵の吐息であった。

「桜季さんが立ち直ったのには、初音さんと山屋さんの力が大きゅうございますね。桜季さんを受け入れてくれたこの方々に、いくら感佩してもし尽くすことはありますまい」

汀女が言った。

「姉様、三浦屋の女衆として初音さんを雇ってもらうことにした」

なんと、と麻が驚きの声を漏らした。

「麻、幹どのはこういう人です」

「は、はい。未だ麻は幹どのが分かっておりませんか」

「おりませんね」

と応じた汀女は、

「幹どのは、初音さんをただ三浦屋に奉公替えさせるだけではございますまい。桜季さんの気持ちがぶれたときに、愚痴の聞き役あるいは相談方として三浦屋に入れたのではございませんか」

汀女の言葉に麻が両目を丸くし、

「さようですか、幹どの」

「さあな」

と幹次郎が笑みの顔で応じた。

汀女が話柄を転じた。

「悪しき話とはなんでございましょう」

「姉様、こちらの一件も麻の考えが聞きたいことじゃ」

と汀女に応じた幹次郎が、麻に視線を向けた。

「麻、そなたは芸者の佐八と助六のふたりを承知じゃな、伊勢亀の旦那の席によう呼んだそうな」

麻が思わぬ名前を聞かされたという顔で幹次郎を見て、頷いた。

「あの姉妹の三味線と新内節が好きであったからか」

はい、と頷いた麻が、

「伊勢亀の先代はふたりの芸もさることながら、さっぱりとした気性がお好きだったのではないかと察しておりました」

麻は、旦那はあくまで客だと言っていた。

「そなたの覚えではどうか」

「佐八さんと助六さんですね」

としばし沈思し、

「幹どのがなにを尋ねておられるのか察しもつきません。ですが、私も伊勢亀の先代とほぼ同じ感じをふたりに持っておりました。姉妹がいる場は、いつも楽しかった覚えしかございません。されど」

と麻が止めた。

幹次郎は麻が言葉を切った先を催促(さいそく)することなく、口を開くのを待っていた。

「幹どの、私の考え違いではないか、と思います。それでもふたりの間にはなにか秘めごとがあるように感じていたのは私だけでしょうか。いえ、幹どのに尋ねられたゆえに思い出したことです」

「そなた、ふたりが異母姉妹ということを承知していたか」

えっ、と麻が小さな驚きの声を漏らした。それは初めて知ったと幹次郎に告げていた。

「そうか、知らなかったか」

「母親違いの姉と妹でございましたか。気性も顔立ちも違いますが、ふたりの間にはなにかがあるとは思うておりました」

と麻がどこか得心の体で漏らした。

「幹どの、麻、廓にて働く芸者ふたりが姉と妹ということを隠したとしても、なんら罪咎はございますまい」

「姉様、そのこと自体は、全く罪でもなければ仕来たりに反することでもない」

幹次郎が言い切った。

囲炉裏端の三人の間に、猫の黒介と新参者の仔犬地蔵が丸まっていた。

麻が銚子を手にして幹次郎の空の杯に酒を注ごうとした。その動きを無意識に見ていた幹次郎が杯に手を伸ばし、途中で止めた。そして、澄乃が耳に挟んできた話から、見番の小吉に会った話までを淡々と告げた。

「まあなんてことでしょう、佐八さんと助六さんとしたことが」

と独り言のように漏らした麻が、

「もしそのことが事実としたら、相手の男が手練手管の主でございましょうね」

「芸者衆は遊女と違い、吉原ではワキ方ゆえ、魂胆を持った男の手に乗りやすいのではないですか」

と汀女も麻に賛意を示すように言った。

「ふたりの相手がひとりなのかふたりなのかも分からぬ。この一件、澄乃が聞き出してきたことだ。廓内の事情に精通した仙右衛門どのに預けた。それがしは差し当たって、桜季の一件に明朝専念致す」

とこの話柄に蓋をした。

二

翌朝、神守幹次郎は五つ半（午前九時）に大門を潜った。

吉原は静かな刻限だ。面番所の前に村崎同心の姿もなかった。吉原会所も腰高障子が閉まって、若い衆は大門前にだれも立っていなかった。

遊女たちは、客を送り出し二度寝をしている時分だ。

幹次郎は野菜や卵や魚、それに花などを売る露店の前を素通りして、西河岸の初音の局見世を訪ねた。すでに初音の見世はきれいに掃き清められ、路地の掃除も終わっていた。

幹次郎は桜季の仕事だな、と思った。

「お早うござる、桜季は稲荷社の掃除かな」

「すでにそちらも終わってね。桜季は山屋にて神守様の到来を待っていますよ」

「遅かったか」

「やっぱりね、あの娘、三浦屋に戻れることが嬉しいんだね。いつもより早く起きて開運稲荷社の掃除をして、最後の務めを果たしましたよ。吉原の地獄を経験して三浦屋の有難みが分かったんだろうね。それもこれも、神守の旦那の知恵が功を奏したんだね」

「功を奏したかどうかは、これからの桜季の言動にかかっておる」

幹次郎は応じて、

「初音姐さん、そなたの気持ちは固まったか」

「神守様、局見世の女郎が裏仕事とはいえ大籬三浦屋に奉公していいかね」

と念を押した。

「番頭新造の青木がこの大晦日限りで大門を出て、実家に戻るそうな。三浦屋では表も裏も承知のそなたに、青木の後釜をゆくゆく託すつもりでおられる」

幹次郎の言葉にしばし沈思していた初音が、

「神守様に桜季ばかりか私まで救われたね」

「それは違うな。助けられたのはこちらもいっしょだ。桜季の傍（かたわ）らで、振袖新造が出世するのを見守ってくれないか」

こっくりと頷いた初音が、

「三浦屋に世話になるよ」

「荷は多いかな」

「こちらは局見世女郎だよ、下働きになる元女郎に持ち物なんぞあるものか。風呂敷一枚で事が済むよ」

と淡々と答えた。

「その旨、四郎左衛門様と女将さんに伝えておく。ところで初音は廓の名だな」

「あい、その名も西河岸に残していこうかね。本名は木更津（きさらづ）生まれのいつだよ。もはや、この名は生涯使うこともないかと思うていたがね」

「おいつさんか、よい名だ」

と言い残した幹次郎は、天女池を抜けて山屋に向かった。すると天女池の野地蔵に寒菊が供えられていた。

幹次郎は、桜季の爺様が下総国から背負ってきたこのお六地蔵に花を手向けたのは、山屋のおかみさんかと思った。

山屋では文六と勝造の男ふたりが水の中で豆腐を小分けに切っていた。

「神守様、桜季さんはおかみさんと奥で着替えているよ」

と勝造が言った。

「ならば待たせてもらおう」

幹次郎が答えたところに、蜘蛛道から老犬の遠助がよたよたと姿を見せた。

まさか遠助が桜季の新たな出立の日を承知しているわけではあるまいが、と幹次郎は思った。

「遠助、そなたも桜季を三浦屋まで送っていくか」

幹次郎の問いかけに、遠助は垂れていた尻尾を二度三度と振った。

「神守様、お待たせ致しました」

緊張した桜季の声がして遠助から山屋の奥へと視線を移すと、一瞬だれが立っているのか、幹次郎は迷った。

木綿の縞地の綿入を着た素顔の娘がそこにいた。

男たち三人の視線を受けた娘は桜季だった。奥からおかみのおなつが姿を見せて、

「神守様、嫁に行った娘が残していったものですよ。二、三度しか袖を通していませんでね。桜季さんの新たな旅路、初心に戻るのもいいかなと思ったんだけど、この形(なり)、どうだろうね。煤払いを手伝う気なんですよ、この娘は」

「三浦屋に桜季の気持ちが伝わるとよいな」

と答えた幹次郎は桜季に、

「遠助も見送りに来ておる」

と伝えた。

頷いた桜季が山屋の狭い土間に下りて、店の一角に備えられた神棚に拝礼した。そして、一歩外へ出た桜季が山屋へと向き直り、

「主様、おかみさん、勝造さん、お世話になりました」

と深々と頭を下げた。

「神守様の心遣いを無にしちゃいけないよ。おまえさんなら三浦屋の売れっ子花魁に必ずなるよ。それまでうちのことは忘れるんだ。当分山屋に出入りはなしだよ」

とおかみさんが厳しい口調で告げた。もはや桜季の生きていく先は三浦屋しかないことを告げていた。その言葉を聞いて沈思していた桜季が、

「はい」

とだけ答え、幹次郎とその足元の遠助を見て、

「お願い申します」

と言った。

幹次郎が頷き返し、蜘蛛道を京町へと足を向けた。その背後で桜季が遠助を抱き寄せる気配がした。

京町一丁目の大籬三浦屋の裏口から、幹次郎は桜季といっしょに広々とした台所に入った。すると男衆や遣手のおかねが煤払いの形で集まっていた。

煤払いの日、一年の煤を払うと同時に遊女たちはそれぞれが手拭いを誂えて、男衆などに贈る習わしがあった。

「お早うさん」

おかねが幹次郎に言い、後ろに控える木綿ものを着た素顔の桜季に目を留めて、だれだいといった表情を一瞬見せた。そして即座に、

「桜季かえ」

と呟いた。

「おかねさん、ご一統、出戻りの桜季でござる。もう一度奉公の機会を与えていただきたい」

と幹次郎が口上を述べると、幹次郎の傍らに進み出た桜季が、

「お願い申し上げます」

と頭を深々と下げた。

「桜季さん、頭を上げてこのおかねに面を見せておくれ」

と命じた言葉に、桜季がおかねを正視して会釈した。

「な、なんと、ほんとうに生まれ変わったね」

というのが老練な遣手の感想だった。

「奥で旦那と女将さんがお待ちだよ」

「ご挨拶に参ろう」

土間から三浦屋の板の間に上がった幹次郎は腰から一剣を抜き、手にした。すると脱ぎ捨てた幹次郎の草履をそっと揃えた桜季が、

「お邪魔します」

ときちんとした口調で言い、自らの履物も揃えた。その挙動をおかねが沈黙したまま見詰めていた。

帳場前の廊下から、

「神守にござる。主どの、女将さん、お邪魔してよかろうか」

と声をかけた。

そのとき、桜季は廊下に正座し両手を床について頭を下げた。

「お入りなされ」

四郎左衛門の返事がして障子を幹次郎が開いた。すると帳場格子の長火鉢の前に三浦屋の主夫婦と高尾太夫の三人が顔を揃えていた。

座敷に入った幹次郎は腰を下ろして姿勢を正すと、

「帰り新参桜季を連れて参った。いま一度ご奉公の機会を頂戴（ちょうだい）したく、かくお願い致す」

と頭を下げた。

「桜季、帳場に入りなされ」

四郎左衛門が命じ、桜季が廊下から帳場に入り、平伏（へいふく）した。

「八朔（はっさく）の日に吉原では許されぬ所業を、愚かなことをしでかしました。お許しください。金輪際二度と繰り返しません」

桜季が四郎左衛門と和絵に顔を向けて願った。

帳場に沈黙が漂った。

口を開いたのは四郎左衛門だ。

「桜季、おまえの言葉を鵜呑みにするほど吉原ってところは甘くはない。だがね、神守幹次郎様の頼みゆえおまえを西河岸に落とし、そして今日また神守様の願いを聞くことにした。この次、神守様をはじめ、初音や山屋の一家を裏切るような愚かな所業をおまえがしでかしたら、三浦屋から追い出し、四宿の遊び場に売り飛ばします」

「旦那様、この四月半の暮らしを助けてくれた方々の信頼に応えるよう、身を粉にして働きます」

「妓楼の主は、『忘八』と呼ばれていることを、おまえもうちの釜のめしを食った者だ、承知でしょうな。鬼です。孝、悌、忠、信、礼、義、廉、恥を忘れた人非人と呼ばれるのが楼主です、おまえの言葉などなんの足しにもなりません。神守様を信頼して、このたびは『忘八』を忘れ、楼に受け入れます」

四郎左衛門が繰り返した。

「は、はい」

桜季は頭を下げ続けた。

「高尾太夫、最前の話に間違いはございませんな」

四郎左衛門が高尾に質し、

「旦那様、桜季は、わちきのもとで振袖新造を務めさせます」

とはっきりと答えた。

桜季が驚きの顔で高尾を見た。

「そなたは三浦屋の楼主と女将さんばかりか、わちきの顔にも泥を塗りなすった。旦那様が『忘八』に変じたとしてもおかしくはござんせん。官許の吉原では遊女のさだめなど紙きれ以下でありんす。ですが、神守様の考えを信じたのでありんす。いま一度だけわちきのもとで、そなたに機会を授けます」

「有難うございます」

と床に額をこすりつける桜季を凝視した高尾が、

「その言葉、神守様に申されなんし。そなたの捨てた命を救ってくれなすったのは神守幹次郎様でありんす」

「は、はい」

と返事をした桜季が幹次郎に向き直り、

「桜季は必ず神守様の信頼に応えます」

と言った。

「桜季、御免色里の吉原は、生き方、考え方次第で地獄にも極楽にも変じる場所だ。楼主どの、女将さん、高尾太夫の厚意を決して忘れてはならぬ。万々が一、そなたがここにおられるお三方を裏切ることがあったとしたら、神守幹次郎がそなたの始末は刃(やいば)でなす。覚えておけ」

幹次郎のこれまで聞いたこともない激しい言葉に桜季が五体を竦(すく)めて、ぶるぶると震わせた。

四郎左衛門が、

「おかねを呼べ」

と声を張り上げた。

おかねが煤払いの形のまま、帳場格子に入ってきた。

「おかね、およその察しはつけていよう。神守様の考えを聞いてうちに桜季を戻すことにした。高尾太夫が振袖新造として使ってくれるそうだ」

四郎左衛門がおかねに言った。

「旦那様、この程度の振袖新造はいくらもいるよ。代わりは利くんですよ。だがね、ここにいる神守様の見方は違う。旦那様もその神守様を信じてのことだね」

「いかにもさようです。ただし、この一件に関して神守様の言葉を聞くのはこれが最後です」

「分かりました」

と答えたおかねが、

「神守の旦那、桜季に関して嘴（くちばし）を入れるのはこの日が最後だよ」

と釘を刺した。

「相分かり申した、おかねどの」

幹次郎が三浦屋の主夫婦の前で約定した。


幹次郎が三浦屋の台所に出ると、煤払いの真っ最中であった。その中に桜季の姿もあった。もはや幹次郎は、注意を桜季に向けることはなかった。

京町一丁目の通りに出ると、どこの楼からも煤払いの気配が伝わってきた。

「遠助、そなた、待っておったか。もはや桜季は、われらの手の届かぬ所に戻ったわ」

と遠助に話しかけたとき、三浦屋の表口からひとりの禿が手拭いを手に姿を見せた。たしかいづみと言わなかったか。

「神守様、高尾太夫から煤払いの手拭いを預かってきました」

「なに、それがしにか。高尾太夫に有難く頂戴すると伝えてくれぬか」

「はい」

「いづみといったな。太夫のもとでよい振袖新造になりなされ」

ぺこりと頭を下げたいづみが暖簾の向こうに姿を消した。

遠助を連れて会所へと歩き出した幹次郎の前に、読売屋と版元を兼ねた商いの門松屋壱之助が立ち塞がった。

「桜季を三浦屋に戻したようだね」

「早耳じゃな。なんぞ用事かな」

「この話、読売にしてよいかえ」

「それがしの用事は桜季を三浦屋に返したところで終わった。そなたの商いの邪魔をする気はないが、この一件は三浦屋の四郎左衛門様に許しを乞うのだな。ただし、四郎左衛門様がお許しになったとしても、それがしの名を読売に出すことはならぬ」

「それじゃ読売にならないぜ」

「それがしの知ったことではない」

「えらく機嫌が悪くないか」

門松屋壱之助が、禿のいづみから渡された高尾太夫の手拭いに目を留めた。

「煤払いの手拭いか、だれのものだ」

「それも言えぬな」

幹次郎は手拭いを懐に突っ込んだ。

「ご当人の口が堅いんじゃ致し方ない。三浦屋の旦那に当たってみるか」

壱之助が三浦屋に行きかけ、

「ああ、面番所の村崎同心がおまえ様を捜していたぜ」

と言った。

頷いた幹次郎は昼見世前の仲之町を大門へと向かった。そのあとを遠助がとぼとぼと従ってきた。

「朝早くからどこへ雲隠れしておった」

待合ノ辻で面番所隠密廻り同心の村崎季光が待ち受けていた。

「廓内の見廻りでござる」

と応じた幹次郎は遠助に、

「ご苦労だったな、少し会所の中で休め」

と言って会所に連れ込み、また待合ノ辻に戻った。

「なんぞ御用ですか」

「そなた、朝っぱらから廓内でなんの画策をしているか知らぬが、どうも例の話は怪しいぞ」

「例の話とはなんでございますな」

「定町廻り同心桑平市松の女房のことだ。とても上州伊香保へなんぞ旅ができる体ではないというぞ。もう身罷っておるのではないか」

「まさかそのようなことが」

「ないというのか」

「もしさようなことなれば桑平どのから上役に話があって、八丁堀で弔いが行われましょう」

「いや、それがな、あやつの女房は町奉行所の役人の家の出ではないからのう」

「昨日の朝さようなことを村崎どのから聞かされましたな」

「おお、承知であったな」

「小梅村の小作人の娘ゆえ実家で養生しておるとも聞かされました」

「そこだ。実家にはおらぬ、なんぞ隠されたことがありそうでな。わしは御用の合間に小梅村辺りを探ってみようと思うておる」

「同輩の女房どのが病かどうか探ってどうなさるので」

「わしは吉原の大門の門番ごとき役目には飽き飽きしたのだ。定町廻り同心なれば、実入りもよかろうでな」

「困ります」

「なにが困る」

「村崎どのは面番所にも必要な人材にございますでな、定町廻りなどへの御用替えになられては面番所が立ち行かなくなり申す。となると、吉原会所も大迷惑にございます」

幹次郎は腹にもないことを臆面（おくめん）もなく言い放った。

「おい、わしが面番所になくてはならぬ人材というのか」

「は、はい」

「そのわりにはわしの扱いがぞんざいではないか」

「どこがぞんざいと申されますな。われら、そなたを大事に思い、危難（きなん）の折りには幾たびか救った間柄ではございませんか。ともかく村崎どのは吉原に欠かせませぬ」

「わしはこたびの一件で桑平と役職を取り換えてもよいと考えておるのだ。女房が生きて小梅村にて静養しておるならば、吉原勤めのほうが断然便利であろう。ともかくな、仕事の帰りに小梅村に立ち寄ってみる」

と言い切った村崎と別れた幹次郎は、いったん吉原会所に戻った。

三

幹次郎が浅草寺境内の池の端の老女弁財天の茶店に入ったとき、すでに九つ(正午)を大きく回っていた。もはや南町奉行所定町廻り同心桑平市松の姿はあるまいと幹次郎は危惧した。だが、桑平はひとり外の縁台に座り、師走の日差しを浴びていた。

「おられたか、よかった」

と幹次郎は本音を吐いた。

なにごとか思案していた桑平が、なにかあったかという顔を幹次郎に向けた。

「すまぬがそれがしとしばし付き合うてくれぬか」

幹次郎は塗笠を被ったまま桑平に願った。

一瞬、幹次郎を見返した桑平がゆっくりと縁台から立ち上がり、いつも接待をする女衆がこちらの様子を眺めているのを見て自ら歩み寄り、なにごとか話しかけた。

女衆が首肯し、幹次郎を見て会釈した。

「一刻（二時間）ほどならば、聖天町の親分とうちの小者が時間を作ってくれる」

「それでよい」

幹次郎と桑平は境内を出ると、浅草寺寺中の花川戸の川端に出た。そこには今戸橋際の船宿牡丹屋の老船頭政吉と助船頭の若い衆が待ち受けていた。

ふたりは言葉を交わすことなく川端の屋根船に乗り込んだ。

政吉は心得たもので、直ぐに屋根船を出して、対岸の源森川へと舳先を向けた。

桑平が幹次郎を無言で見た。

「お雪どのの加減はどうかな」

「お陰様で桂川先生の薬が効いたか、落ち着いておる」

と答えた桑平の顔には諦観と同時に淡い期待が漂っていた。

「お雪どのをしばらく他所に移したいのだ」

と前置きした幹次郎は、面番所の隠密廻り同心村崎季光が、桑平雪の身に関心を寄せていることを告げた。

「あやつがなぜ雪を気にする」

「八丁堀の同心の女房のひとりが小梅村のお雪どのの実家を見舞いに訪れ、容態を尋ねたそうな。そこで実家では、娘が上州伊香保に湯治に行っていると答えた」

「わしが雪の実家と口裏を合わせ、八丁堀から見舞いなどが来たらそう言うことにしていたのだ」

「そうだと思うた」

と答えた幹次郎は、

「村崎同心はそなたの定町廻り同心の職に執着していてな、本日の仕事帰りに実家を訪ねそうな勢いの口ぶりであった」

「問われれば伊香保で湯治と答えるまでだ」

「村崎季光とはいえ、南町の同心であろう、見舞いの女房とは違う。なんぞ考えがあるやもしれぬ。となるとお雪どのが静養しておる小梅村の家を探り当てかねぬ。そこでな、四郎兵衛様に相談して三囲稲荷社に接した須崎村の百姓家の離れにしばらくお雪どのの身を移したほうがよかろうということになったのだ」

幹次郎の言葉を桑平市松は無言で聞いていたが、黙って幹次郎に頭を下げた。

「われらの間で無用なことをせんでもよかろう」


この日、業平橋近くの小宅から須崎村の離れ家にお雪の身を移すことにした。お雪は亭主の桑平から事情を聞いて、直ぐに身仕度を始めた。お雪のただひとりの付添いの小女が、薬や着替えなどを手早く風呂敷に包んで従った。

穏やかな日差しとはいえ晩冬、師走の十三日だ。

綿入を着せたお雪を夜具ごと戸板に寝かせて屋根船に運び込んだ。幹次郎も桑平も辺りを窺いながら船へと運んだが、人目は避けられたように感じていた。

「こちらの家のことは、隣家の中次郎に任せておけばよいと七代目が申された」

と幹次郎が四郎兵衛の言葉を伝えた。

「なにからなにまですまぬ」

「用心に越したことはないからな」

屋根船は源森川からいったん隅田川（大川）に出て、左岸を八丁（約八百七十三メートル）ほど遡上した。

竹屋ノ渡し船がゆっくりと川を横切っていた。山谷堀の河口傍から対岸の三囲稲荷を結ぶのが竹屋ノ渡しだ。

四郎兵衛が用意してくれた隠れ家は、三囲稲荷の上流、枯れ葭の間に狭く口を開いた水路の先、隅田川の分流に板橋が突き出した場所にあった。

政吉は迷いなくその板橋の船着場に屋根船を寄せた。

「父つぁん、この百姓家を承知か」

と幹次郎が尋ねた。

「七代目の昔の遊び仲間、須崎村の吉右衛門さんの離れ家に間違いなかろう。七代目から話は通してあると思うが、わしが先に行って挨拶しておこう」

と政吉が舫い綱を打つと板橋を渡って河岸道に上がった。その姿は幹次郎らの目から直ぐに消えた。しばらくすると戸板を持った政吉と白髪頭の年寄りが姿を見せた。

「神守の旦那、このお方が一時は十八大通方と張り合った須崎村の大地主の吉右衛門様だ」

「政吉の父つぁん、そんな昔話を持ち出して恥を搔かせなさんな」

と言った吉右衛門が幹次郎を見た。

「ほう、川向こうで評判の腕利きの裏同心とは、おまえ様でしたか」

「神守幹次郎にござる。川一本隔てると噂話も大きくなるようです」

「伊勢亀の隠居が惚れたわけだ」

吉右衛門は幹次郎のことを口にした。

「あとで挨拶に参ります」

「最前、七代目から文をもらった。うちの離れ家でよければ好きに使いなされ。掃除をして風は入れてある」

幹次郎の言葉に頷いた吉右衛門が身を退いた。

南町奉行所定町廻り同心の女房と承知かどうか、だれが離れ家を使うかなど一切訊こうとはしなかった。おそらく四郎兵衛の文で仔細は告げてあるのだろう。

「桑平どの、お雪さんを土手まで運ぼう。その先は戸板に寝かせていけよう」

屋根船の中で待機していた桑平市松に声をかけた。

障子が開けられ、桑平がお雪を抱えて板橋に差し出し、幹次郎が受け取った。

幹次郎はお雪があまりにも軽いのに驚いた。最前、小梅村では夜具ごと戸板に乗せて桑平と運んだゆえ、お雪の重さが分からなかった。

幹次郎は桂川甫周が調合する異国渡来の薬でお雪が生き永らえているのだ、と思った。そして、村崎同心などにお雪のことをあれこれ調べさせてはならぬと思った。

河岸道へとお雪を抱えて上がり、夜具を運んできた桑平が戸板の上に敷きのべて幹次郎がお雪を下ろした。

須崎村の大地主吉右衛門の屋敷はなかなかの長屋門を持ち、敷地を囲んだ堀に水が流れ、高さ一丈（約三メートル）はありそうな生垣があった。この威容ならば、政吉が言った十八大通と張り合ったというのも大仰ではないな、と思った。

小女が風呂敷包みを負って河岸道に上がってきて、

「八丁堀からどんどん遠くなります」

とぽつんと呟いた。

「おさき、私は八丁堀よりこちらの景色に馴染があります」

とお雪が微笑んだ。

吉右衛門の離れ家は、母屋から畑などを挟んでだいぶ離れていた。小梅村の小宅ほど凝った、渋い造りではないが、ふたつの座敷に女中部屋、風呂場も台所も内厠も備わっていた。

それにしても四郎兵衛の人脈の広さは、豊後生まれの幹次郎には考えられないほどだ。

幹次郎は桑平とおさきと呼ばれた小女がお雪の床を作るのを見ながら庭先で思いに耽った。

「神守様、またお世話になりました」

「お雪さん、旦那とそれがしは互いに助けたり助けられたりする間柄でござる。斟酌は一切いらぬ」

「いえ、神守様に抱かれるなど、どなた様かに叱られそうです」

「どなた様とは汀女のことかな」

「それと加門麻様」

「わが家が女だらけというのを承知のようじゃな。元気になって柘榴の家に遊びに来られよ」

幹次郎はお雪の言葉に誘われて、ついかような言葉を漏らしていた。

「訪ねとうございます。されど、もはや私には無理でございましょう」

とお雪が答えた。

「お雪、わしもな、柘榴の家は門前止まりだ。いや、縁側で一、二度話したな」

ふたりの問答に桑平が加わった。

「おや、どうしてでございますな」

「お雪、汀女先生もさることながら、麻と申されるお方は」

「吉原で全盛を誇った薄墨太夫でございましょう」

「よう承知じゃな」

「女は、町屋でも八丁堀でもこの類の話が大好きです。天下の太夫をお家(うち)に住まわせるなど神守様しかできませぬ」

「三十俵二人扶持のわしなど考えもつかぬ」

と床を敷きのべた桑平市松が言った。

「おまえ様、人それぞれ器(うつわ)がございます。神守様の器は、だれとも比べようもございませぬ」

ふっふっふふ
と笑った桑平が、

「これまでまともにこの一件を話し合ったこともないお雪が、神守幹次郎の人柄をそこまで語りおるか。なんであろうな、この違いは」

「だから申しました。器の違いと」

「お雪さん、それがし、器が大きいかどうか己では判断がつきませぬ。ただ器にいくつも穴が開いておりましてな、水を入れてもじゃじゃ漏り、一向に水は溜まりませぬ。ゆえに器が大きいなどと勘違いをなすお方もおられる」

「神守幹次郎の器には穴がいくつもあるそうな、お雪、聞いたな。かような御仁が神守幹次郎じゃ」

「いま一度元気になって柘榴の家をお訪ねしたいと思い直しました」

「お雪、わしもひとりでは柘榴の家の敷居は跨ぎにくいでな、いっしょしてくれぬか」

「そう致しましょうか」

と応じたお雪が寝床へと這っていった。


幹次郎はひとりで吉右衛門の住まいを訪ねた。

母屋は立派な藁（わら）ぶきの曲がり家（や）であった。

吉右衛門とは、築山（つきやま）がある泉水（せんすい）の庭を見渡す母屋の縁側で会った。

「吉右衛門様、世話をかけます」

「七代目とは悪さ仲間、まさか吉原会所の七代目に就こうとは思いもしませんでしたよ。悪さ仲間が吉原会所の頭取になって、私の足も大門を潜るのを戸惑いましてな。政吉父つぁんは、十八大通と張り合ったなどと誇張(こちょう)しましたがな、事実は違う。あやつが七代目では、廓内で馬鹿騒ぎもできますまい」

と苦笑いした。

「若いころの七代目は悪さをしましたか」

「話し出せばキリがございますまい。神守幹次郎様と汀女先生が吉原会所に加わって、仕事が面白くなった、と最後に会った折りに漏らしておりました。今後とも七代目の手助けを願いますぜ」

吉右衛門が幹次郎に願った。

「むろん七代目に救われたわれら夫婦です。力の限りに尽くします」

幹次郎の言葉に頷いた吉右衛門が、しばし迷った風情を見せ、

「離れ家の病人は南町奉行所定町廻り同心の女房どのでしたな」

「はい」

「お雪さんの小梅村の実家もよう承知です。お雪さんがまさか町奉行所の役人の

嫁になるなど考えもしませんでしたよ」

と言った吉右衛門が、

「この世に神守様と話が合う定町廻り同心がいるなんて不思議ですな」

「ゆえにお雪さんは桑平市松に惚れたのでしょう。ふたりして変わり者同士でござる」

変わり者同士ね、と言った吉右衛門が嬉しそうに笑い、

「小役人なんぞに指一本触らせませんよ」

と言い切った。

「なんぞありましたら、会所にでもわが家にでもお知らせください。直ぐに駆けつけます」

と幹次郎が約定し、

「吉右衛門様、もしや桂川甫周先生をご存じではございませんか」

と尋ねてみた。

「ほう、もうお一方、変わり者の名が出ましたか。桂川先生も十八大通のおひとりと評されておりましたが、あの連中と話が合うとは思いませんな。私が承知かというお尋ねですが、時候(じこう)の挨拶程度の話なれば幾たびか」

「こちらの離れ家の病人の医師は桂川先生です。ふだん定期的に診察に見えるのは桂川先生の高弟（こうてい）の井戸川利拓（いどがわとしひろ）医師でござる」

「三十俵二人扶持の町方の女房が御典医（ごてんい）ですと。こりゃ、驚いた。桂川先生がわが屋敷を訪ねてきますか」

吉右衛門が驚きの顔を見せた。

「それがし、桂川先生とは四郎兵衛様の縁で存じ寄りです」

「つまり七代目が桂川先生の口利きをした」

「はい」

しばし間を置いた吉右衛門が、

「そうでしたか」

とようやく得心した。

幹次郎が吉原に戻ったのは、夜見世の始まる前だった。

面番所にはすでに村崎季光同心の姿はなかった。ということは、早めに御用を終えて小梅村に向かったのではないか。となると、

（なんとか間に合ったな）

と幹次郎は思った。

吉原会所には、番方の仙右衛門と女裏同心の嶋村澄乃が幹次郎を待ち受けていた。

「そちらの用事は終わりましたかえ」

「ひとまず終わった」

「ひとまずとはなんですね」

「病人の引っ越しでな」

「病人だと、柘榴の家でだれぞ大病を患(わずら)いましたか」

「そうではない。いささか義理のあるお方を、須崎村の静かな家に移す手伝いを致した」

番方も澄乃も幹次郎を黙って見た。

「呆(あき)れました。吉原裏同心どのの務めの手広いことですな」

仙右衛門が呆れ顔で呟いた。

「まあ、よい。ところでそちらはどんな風だ」

「見番の小吉さんに会いました。神守様も会われたようですな」

「思いついたでな、余計とは思ったが話を通しておいた」

「そのお陰で、三味線の佐八や新内の助六のことを小吉さんが調べておいてくれた。この一件な、引手茶屋浅田屋も一枚噛んでいるかもしれませんぜ。そうでねえとふたりの姉妹が十日に一度ずつ、客と寝るなんて芸当はできませんや」

「なんと引手茶屋が噛んでおるか、となるといよいよ慎重を期したほうがいいな」

「最前、七代目に報告して浅田屋の内証を調べてもらうことになりました。神守様は承知かどうか知らないが、当代はまだ若いや。先代の女将のお素さんが帳場を仕切っておりましてな、若い当代は見習いの段階だ」

「佐八、助六以外の芸者が浅田屋で掟に反したことをなしていることはないか」

「その辺りの調べは神守様が戻ってから相談しようと待ち受けていたんだ」

「番方、浅田屋の内情に詳しい者に心当たりはないか」

「妓楼なればな。だが、引手茶屋となると、四郎兵衛様が同業だけに厄介だ」

「それは百も承知のことだ」

幹次郎は最前から無言の澄乃に眼差しを移した。

「浅田屋の料理番に、見習いの糸松って若い衆がおります。この者が私に関心を抱いております」

「なに、見習いが澄乃、おまえに関心を抱いたってのは惚れたということか」

「番方、私に惚れては吉原の掟に反しますか」

うっ
と仙右衛門が言葉に詰まり、

「糸松に誘いをかけたか」

と幹次郎が訊いた。

「番方と神守様に相談してからと思って、一切誘いかけはしていません」

「よし、やつがなにを承知か、誘ってみろ」

と仙右衛門が言い、幹次郎が頷いた。

四

幹次郎は独り、夜廻りに出ようとした。すると遠助が従ってこようとした。

「気がかりがあるか」

老犬に声をかけた幹次郎は好きにさせた。

着流しに津田近江守助直の一本差し、面体(めんてい)を塗笠で隠した幹次郎は、清掻の爪(つま)

弾きが流れる仲之町をゆっくりと水道尻に向かった。

夜見世の幕開けを告げる清掻の調べは、妓楼付きの内芸者や番頭新造が弾くことが多い。角町から聞こえる調べは内芸者か、客の心をくすぐる三味線の音だった。

幹次郎は仲之町の人込みを避けながら、時折り振り返り、遠助の様子を窺った。吉原に慣れない客には、幹次郎は旗本の次男坊が退屈しのぎに吉原を訪れたという体だ。だが、遠助が幹次郎のあとに従っているゆえ、見る人が見れば幹次郎の正体は分かるだろう。

揚屋町の辻で幹次郎が振り向いたとき、遠助が素見の男たちに隠れて見えなかった。すると客の向こうから遠助の、

わんわん

という吠え声が聞こえた。

「だれでえ、犬なんぞを廓に連れ込んだのはよ」

と尖った声が聞こえた。

幹次郎はゆったりとした足取りで、人込みを分けて遠助の見える場所に戻った。

煤払いの夜、いつもより夜見世は賑わっていた。馴染の女郎から手拭いの御裾

分けをもらい、明日仕事仲間に自慢しようという客だった。

遠助は懐手の男の前に立ってその顔を眺め上げていた。懐に匕首を隠し持っている手合いだ。

「おい、わんころ、本所からわざわざ吉原に足を延ばしたおれに文句があるか。おりゃな、犬とナメクジが嫌いなんだよ。おれに因縁つけようなんてふてえ野郎だ。蹴り殺すぜ」

と男が遠助に言った。

遠助は男の足元からどこうとはしなかった。

細身にして頬が削げた男が懐から片手を出した。すると懐に膨らみがあるのを幹次郎は見逃さなかった。

「兄い、どうしたえ」

「この犬がおれに因縁をつけやがる」

「犬なんぞ放っときな、兄いよ。行こうぜ」

弟分は頬が削げた兄貴分に言った。

遠助を相手にした兄貴分は、客の注目を集めているのを楽しんでいた。

わん、とまた遠助が吠えた。

「けたくそ悪いぜ」

と言った兄貴分が遠助を本気で蹴り上げようとした。

「やめてくれぬか」

そのとき、幹次郎が声をかけた。

「なんだえ、おれの勝手だろうが。吉原に犬を連れ込んだ野郎がいやがるんだ。どこのだれでぇ」

細い目で辺りを見回し、最後に幹次郎に視線を留めた。

「おまえさんの犬か」

幹次郎の正体を知らない気配がした。

「まあ、そうだ」

「廓に犬を連れ込んでなにをしようというのだ」

「吉原は初めてかな」

「冗談を言うねえ。こちとら、三つ四つの時分から廓を遊び場所にしてきたお兄いさんだ」

「それにしては見かけぬ顔だな。遠助がどこの犬かも知らぬようだ」

「おめえさん、この犬の飼い主といったな。何者だ」

「会所の者だ。遠助も会所の飼犬だ」

ふーん
と鼻でせせら笑った男が、

「ちょろ松、今晩はけたくそ悪いや。河岸を深川辺りに変えようか」

と幹次郎に背を向けようとした。すると男がくるりと振り向きざまに遠助を蹴った。なかなか機敏な動きだった。だが、澄乃がこの場の動きを注視していることに兄貴分は気づいていなかった。

澄乃の帯の下に巻かれた麻縄が引き抜かれ、しなるように伸びて男の足を叩いていた。

「あ、いてえ」

と遠助を蹴り損ねた兄貴分が殺気立った形相で澄乃を睨んだ。

「なんだ、女。てめえ、吉祥天の助五郎を妙な道具で打ちやがったな。叩かれたところがみみず腫れになったぜ。どうしてくれるんだ」

吉祥天の助五郎と名乗った兄貴分が澄乃を睨んで凄んだ。

「懐のものを見せてもらえませんか、吉祥天のお兄いさん」

「女、おめえ、廓の客に因縁をつけて銭でもせびろうという魂胆か」

「助五郎、澄乃の命ずる通りに懐のものを出してみないか」

幹次郎が強い調子で言った。

「な、なんだ、てめえら、仲間か」

吉祥天の助五郎は女裏同心の嶋村澄乃のことも知らない様子だった。

「吉原会所の者だ。吉祥天の助五郎、会所で渋茶(しぶちゃ)の一杯も馳走しようか」

「うるせえ」

と叫んだ助五郎が大門に向かって走り出し、ふたたび澄乃の麻縄がしなって足を捉(とら)え、ずってんどう、と助五郎を仲之町に転がした。すると懐から財布がふたつほど転がり出た。

ちょろ松と呼ばれた子分もそっと逃げ出そうとしたが、遠助が裾を噛んでいた。

幹次郎がちょろ松の袖を握った。

「なにをするんだよ」

「袖が重いな、なにが入っているんだ。財布のようだな、ふたつも三つも財布がいるほど金に困っておらぬか」

「お、おれの勝手じゃねえか、財布をいくつ持ってようとな」

「他人様(ひとさま)の財布だと厄介だぞ、ちょろ松。兄貴分の助五郎がふたつ、おまえが三つ、そなたらの財布を差し引いても三つあるな。その事情を聞かせてもらおうか」

と幹次郎がちょろ松に言ったとき、

「裏同心どの、そやつら、わしが馴染の掏摸じゃぞ。江戸払いになっていたはずだが、手っ取り早く面番所に身柄を移して調べよう」

と声がして村崎同心が小者の代次郎を従え、幹次郎らの前に立ち塞がった。

「おや、この刻限まで廓に居られたか」

「例の一件で川向こうに行ったがな、なにやら曖昧な話でな、こちらに戻って参った。こやつらの始末、われらが付けよう」

と言った村崎同心が代次郎に合図して、仲之町に転がった吉祥天の助五郎に縄を掛けるように命じた。

「へえ」

と無造作に近づいた代次郎の太ももを、懐から抜いた匕首で助五郎が刺した。代次郎が悲鳴を上げ、その隙に助五郎が脱兎のごとく大門に向かって逃げ出そうとした。

だが、澄乃がその動きを見逃さなかった。三度麻縄がしなって飛び、匕首を握った助五郎の手首に巻きつくと、強く引き戻された。ために助五郎は、村崎同心の前に転がっていった。

「てめえ、面番所の小者を刺しやがったな。掏摸の上にこの咎、江戸払いなんぞで済むまいぜ」

と叫んだ村崎同心が、助五郎の首筋を十手で強く打ち据えた。

澄乃は面番所の代次郎の太ももの傷を調べると、手拭いで刺し傷の上を手早く縛って血止めをした。

「傷はどうだ」

と幹次郎が尋ねた。

「大したことはございません。でも、柴田相庵先生の診療所に連れていって治療してもらったほうがようございましょう」

と澄乃が答えた。

「ということだ。村崎どの、相庵先生のところに運ばれよ」

「くそっ」

村崎同心が罵り声を上げた。そこへ会所の面々が集まってきて、柴田相庵の診療所に代次郎を運ぶ者、助五郎とちょろ松を面番所に運ぶ者と二手に分かれて、仲之町の騒ぎを鎮めた。

その場に残ったのは、幹次郎と遠助、それに村崎同心だ。

「代次郎め、不用意に近づきやがった」

村崎同心が言った。

「吉祥天の助五郎とは知り合いですかな」

「何年前になるかな、五十間道で年寄りの巾着を強奪しようとしたのを、わしが捕まえたことがあった。十六、七から一端の悪たれで、金になることならなんでも手を出す小悪党よ」

「江戸が恋しくなって戻ってきましたか」

「そんなところだろうが、野郎、中山道筋を荒らし回る赤城の十右衛門一味の下働きに加わったという話を聞いたばかりだ。あやつ、江戸に戻って十右衛門一味を離れたかのう」

と村崎同心が首を捻った。

「赤城の十右衛門とは何者です」

「押し入った先の身内から奉公人まで殺し、女は犯し、有り金をそっくりと持ち去る押込み強盗一味の頭目だ。手下は剣術遣いややくざ者が十五、六人から二十人で一味をなしているそうだ」

「その一味が江戸へ入り込みましたか」

「吉祥天の助五郎はケチな悪党だ。十右衛門一味の仕事ぶりに驚いて逃げ出したのではないか。それで吉原に目をつけたのが運のツキだ。わしが折りよく戻ってきたでな、あやつらを捕まえることができた」

村崎同心が胸を張った。

「村崎どの、あのふたりを捕まえたのは澄乃にございますぞ。お間違えなく」

村崎同心が幹次郎を見ると、

「さような些細(ささい)なことを申すでない。吉原会所は町奉行所の支配下、つまりはわれら隠密廻り同心の支配下にあるのだ。会所の手間が省(はぶ)けてよいではないか」

とぬけぬけと言った。

「まあ、それはようございます」

と応じた幹次郎が、

「川向こうの話は曖昧とはどういうことですか」

「たしかに雪は実家におらぬな。母親は伊香保に湯治と言うばかりだ」

「ならば湯治でございましょう。来春には元気になって八丁堀に戻って参られますよ」

「いや、桑平市松の女房は業病じゃと八丁堀の医師が明言しておる。湯治に行ったからといって治る病ではないと聞いた」

「医者の診立て違いということもありましょう」

うん、と返事をした村崎同心がなにごとか迷うように黙り込んだ。

「どうなされた」

「そのほうに話すと桑平に筒抜けになるでな」

「なんという水くさいことを申されますな。それがし、村崎同心を手本に会所の務めを果たしておる身ですぞ。最前も会所の澄乃が捕まえた助五郎とちょろ松をそなたの顔に免じて黙って差し出しましたな」

幹次郎が村崎同心に言った。

そのとき、水道尻の方角から花魁道中が姿を見せた。

幹次郎は遠助を連れて、村崎同心と引手茶屋の軒下へと場所を移した。

「源森川近くでな、御典医の桂川甫周様の高弟が薬箱を持ってな、妾宅風の家に出入りしておるのを見かけた者がおると聞いたでな、その家を明日にも捜そうと思うておる」

「村崎同心、不躾ながら町奉行所同心の給金はおいくらでございますな」

「三十俵二人扶持に出入りのお店なんぞから盆暮れになにがしか実入りがある」

「桑平同心は、昔からの出入りの他はさような金子は受け取らぬと評判でございますな」

「あやつは融通が利かぬのだ。ゆえにわしが定町廻り同心に代わってな、江戸の治安を守ろうと考えておるのだ」

ふたりが話すところを三浦屋の高尾太夫の花魁道中が通り過ぎようとしていた。さすがに桜季の姿はなかった。

ちらりと高尾が幹次郎に視線をやって、こくりと頷いてみせた。高尾を見物する素見の連中から、
わあっ
という声が上がり、

「花魁がわれを見ただ」

「いいや、太夫が色目を使ったのはわしだべ」

などという声が聞かれた。

「田吾作どもが、花魁が挨拶したのは面番所のわしに決まっておろう」

と村崎同心が漏らし、幹次郎がその顔を見た。

「なんぞおかしいか」

「いえ、なにも」

と応じた幹次郎が話を元へと戻した。

「町奉行所同心の給金は三十俵二人扶持、それで御典医やその高弟の診察が受けられますか。それなれば伊香保に湯治に行くのがなんぼか安うございましょう」

「なに、御典医の診立ては高いか」

「それがしが知るのは伊勢亀のご隠居が亡くなられた折り、桂川甫周先生の診察と治療を受けていたということです。つまり分限者(ぶげんしゃ)でなければ診立てを受けるのは無理でございましょう」

「じゃな。やはり町奉行所の同心風情では御典医とは関わりないか」

「ございますまいな」

「ううーん、となると、この線はなしか」

「伊香保温泉で湯治をなさっておられますよ」

「そうか、そうかのう」

と村崎同心が答えたとき、面番所の小者が、

「あのふたりのお調べを願います」

と催促に来た。

「なに、今晩じゅうに調べよと申すか」

「代次郎が傷を負わされているのです。今晩調べて早々に大番屋に身柄を渡したほうがようございましょう」

と幹次郎が言い添え、

「それがし、遠助と見廻りに参ります」

と言い残して揚屋町の木戸口を潜った。

もはや西河岸に桜季がいないことは承知していた。だが、なんとなく山屋と初音の局見世を訪ねてみようと思い立った。

山屋はいつものように商いをしていた。

「どうでした、桜季は」

文六が幹次郎に問うた。

「三浦屋の主夫婦と高尾太夫に額を床にこすりつけて詫びて、いま一度ご奉公をと願っておった。高尾太夫がな、以前と同じく、振袖新造として面倒をみてくれるそうだ」

「おお、それはようございました」

と文六が言った。

「ただし今宵の道中には桜季の姿はなかったな」

「神守様、帰り新参でいきなり花魁道中に加わるのは難しゅうございましょう。しばらくは三浦屋で下働きするしかございませんよ」

とおなつが言った。そして、縁の欠けた茶碗におからを入れて、店前に寂しげに立っている遠助にやった。

遠助がおなつの顔を見上げると、おなつは、

「いいよ、食いな。もう桜季さんはうちにはいないんだよ」

と自分に言い聞かせるように言った。

遠助がおからをゆっくりと食べ始めた。

「あと半月もすれば正月か」

「へえ、新たな年が始まりますよ」

と言った文六が、

「神守様は、初音さんも三浦屋に奉公替えさせたってね。驚いたよ、桜季は承知なんですかね」

「知らぬな」

「初音さんは、女郎としてはいい潮時ですよ。三浦屋で奉公すれば桜季さんも心強いでしょうしね」

とおなつが言った。

幹次郎は頷くと遠助を見た。

いつの間にか、おからをきれいに食し終えていた。

「遠助、初音姐さんの見世を覗いていこうか」

幹次郎と遠助が天女池に出ると月明かりが水面に映っていた。寛政三年（一七九一）もあと半月ほどで終わる、と幹次郎は改めて思った。

第三章　隠居の浮気

一

幹次郎が初音のところに立ち寄り、五丁町を遠助とぶらりぶらりと見廻って吉原会所に戻ったのが五つ（午後八時）前の刻限だった。

「長い散歩だったわね、遠助」

と澄乃が迎えた。

「掏摸騒ぎの他は、静かなようじゃな」

「餅つきと狐舞（きつねまい）を前にした月の半ばです。どこも煤払いは無事に済んだようです」

遠助に餌をあげながら澄乃が幹次郎に言った。

「偶にはかように穏やかな師走の宵があってもよかろう」

吉祥天の助五郎の一件は面番所の村崎同心に任せて、幹次郎の頭から消えていた。

遠助はめしに煮魚の身を解した夕餉をゆっくりと食べていた。

「お腹はすいていないようですね」

「山屋でおからをもらって食ったからな。若いうちのように勢いよく食することは、もはやないな」

と応じた幹次郎は奥座敷に通った。

四郎兵衛は門松屋が出した読売を読んでいた。

「廓外に騒ぎがございますかな」

「師走ですな、火つけ、打ち壊し、押込み強盗が流行り出したようです」

四郎兵衛が読売を傍らに置いた。

「松平様のご改革もうまくいっているとは申せますまい。打ち壊しなんぞが流行っても不思議はございません」

「緊縮節約一辺倒では、余りにも芸がございませんな」

と松平定信の改革を評し、ふたりは言い合った。

「神守様に関わりの話が載っております」

幹次郎はしばし考え、

「桜季の一件ですか」

と問うた。

四郎兵衛が頷くのを見て、三浦屋の四郎左衛門が壱之助に許しを与えたのだろう、と思った。

当然四郎左衛門には、読売を使うには理由がなければならなかった。だが、もはやこの一件は幹次郎の与り知らぬことだった。

「神守様の名は一切出ておりません」

「門松屋に尋ねられたとき、それがしの名は出してくれるな、読売にするしないは三浦屋の楼主の返答次第と答えました」

「門松屋は桜季の心模様の変化を中心に西河岸の暮らしや山屋を無償で手伝いながら、頼まれれば代筆までしていた行いを好意的に認めております。桜季自身からは話が聞けなかったようです」

四郎兵衛が掻い摘んで告げた。

「桜季の励みになるとよいのですがな」

幹次郎はこう感想を述べた。

「四郎左衛門さんは桜季が苦労に耐え抜いたことを読売にしてもらい、こんな振袖新造が三浦屋にいると、客に知ってほしいと考えたのではありませんかな。このご時世です、吉原も客の数が減っておりますからな、なんでもいい、話のタネになる遊女には客がつきましょう」

と言った四郎兵衛が、

「まさか、神守様、その辺りまで読み切って桜季を西河岸に落としなさったか」

「七代目、それがし、それほどの策士ではございません。ともあれ桜季の一件については本日、三浦屋に伴ったところで手を離れています」

「さあてどうかしらね」

ふたりの話が耳に入ったか、無意識のうちに腹に手を当てた玉藻が姿を見せて言い放った。

「いえ、一件落着です」

と言った幹次郎に笑みの顔を傾げて、

「お父つぁん、うちも暇よ」

と話柄をそらした。

「客の出入りが目に見えて少ないのだ、致し方あるまい」

四郎兵衛は娘に答え、幹次郎に視線を向け直して尋ねた。

「浅田屋の一件はどうなってますかな」

「番方が慎重に探索を続けておるようです」

「芸者衆が客と遊ぶのを浅田屋さんが許すはずはないわ。もしこの話がほんとならばおふたりさん、よほど巧妙にやっているのかしらね」

玉藻が同業の引手茶屋を庇うように言い、父親に尋ねた。

「気分を変えてお酒をつけましょうか」

四郎兵衛が幹次郎を見た。

「四つ前です。それがしは遠慮しておきましょう」

「ならば、神守様、今宵は早く柘榴の家にお帰りなさい」

「並木町の料理茶屋もそう客が立て込んでいるとは思えないわ。汀女先生も戻っている時分よ、それがいいわね」

玉藻も幹次郎に勧めた。

「おお、そうじゃ、読売の一件で忘れておった。三浦屋四郎左衛門さんから桜季の一件では神守様に心労をかけたとご挨拶がございましたぞ。桜季の顔がまるで別人、明るく振る舞っているようです。この分ならば、意外と早く振袖新造として高尾太夫の道中にも従うことができそうだと、喜んでおられました。それゆえ、四郎左衛門さんも門松屋壱之助に読売に載せることを快く許したのでしょうな」

といったん終わった桜季の話を蒸し返した。

「直ぐに答えは出ますまい。もうしばらく様子を見ていくことですね」

「神守様、私も驚いたわよ」

「なんでございますか、玉藻様」

「桜季さんばかりか、初音さんも三浦屋に鞍替えさせたそうね」

「申し上げておりませんでしたか。こたび桜季が立ち直ったとしたら、手柄は初音姐さんと山屋一家です」

「とはいえ、かような算段は神守様しかできませんな」

四郎兵衛が言った。

「最前初音姐さんと話してきましたが、どことなくほっと安堵する顔をしていました。年明け前に京町に移るそうです」

「桜季さんにとっても初音さんが三浦屋で奉公するのは心強いんじゃない」

玉藻の言葉に頷く幹次郎に四郎兵衛が、

「この件は神守様の名案じゃな」

と言った。

「最前、申し上げましたが、それがし、おふた方が考えるほど策士ではございません。これ以上、こちらに残っておるとどちらに飛び火するか知れたものではありません。お言葉に甘えて早上がりさせてもらいます」

「それがいい。この四月半、神守様といえども桜季のことで不安だったでしょうからな」

四郎兵衛が同情の言葉を吐き、

「ようも皆さんがそれがしの考えを受け入れてくれました。桜季もそれがしも決して忘れてはなりますまい」

と言い残した幹次郎は会所に戻った。

すると番方たちが夜の見廻りから戻っていた。

「相変わらず神守の旦那のやることは、わっしらまで仰天させますな」

「なんのことだ」

「西河岸から桜季を三浦屋に連れ戻し、ついでに初音まで三浦屋に奉公替えをするそうですな、門松屋の読売で知ったところだ」

と手にしていた読売を指し示した。

「それがしも読売の一件はたった今七代目から聞かされたところだ」

「いや、わっしが驚いているのは、神守様が元の妓楼の三浦屋に桜季を連れ戻したことだ」

「四郎左衛門様と女将さんが許されたのでな」

「呆れましたぜ。吉原の仕来たりにわっしらはがんじがらめにされて、神守様のように自在な考えは思いもつかない。いや、思いついたところで、わっしなんぞは手も足も出ねえ」

仙右衛門が幹次郎に皮肉を言った。

「おお、そうだ、三浦屋の遣手のおかねさんが腰を痛めたそうな。そして、煤払いを終えた連中に胴上げされて畳に落ちた折りに腰を打ったそうです」

煤払いのあと、妓楼では見世の主や遣手を胴上げする習慣があった。今年はおかねが三浦屋でかつぎ上げられたらしい。

「ひどいのか」

「いや、そうでもないらしい」

「だが、寒い折りの打撲(だぼく)はあとを引く。明日にでも見舞ってみよう」

「それとですな、例の見番の一件だが、もう少し探索に時がかかりそうです」

「なんぞ手伝うことがあったら言うてくれ」

「当てにせず言葉だけは聞いておこう」

幹次郎は遠助が餌を食べて土間の隅の寝場所で丸まっているのを確かめ、

「ご一統、すまぬが早上がりさせてもらう」

と願うと番方が、

「と言いながらなんぞ策を巡らしておるのではありませんか」

「いやいや、柘榴の家に直行だ」

と応じて幹次郎は会所を出た。

煤払いの宵ながら客の数が少ないように思えた。やはり寛政の改革の引き締め策が吉原にも影響していた。

幹次郎はゆっくりと五十間道を山谷堀へと上がっていった。いつもなら駕籠で乗りつける客がいるのだが、その姿もない。

衣紋坂に差しかかったとき、土手八丁から浪人風のふたりが姿を見せた。

幹次郎はふたりの五体から血の臭いを嗅ぎ、厄介な連中だと思った。見るとはなしに擦れ違う相手に会釈した。だが、幹次郎の会釈は無視されて、ふたりは大門のほうへと下りていった。

　柘榴の家からは地蔵の甲高い鳴き声が響いてきた。その仔犬の鳴き声に、黒介のいましめるような、みゃうみゃうと優しげな声が交じった。

　幹次郎が拾ってきた仔犬はすっかり柘榴の家に慣れたようだ。

　地蔵の親代わりを務める黒介が幹次郎の気配を感じたか、玄関へと姿を見せ、そのあとに地蔵が従っていた。

「ただ今戻った。姉様はまだかな」

　との声に麻が姿を見せ、

「いえ、最前お戻りで着替えをしておられます」

　と言った。

「ならば門を閉めてこよう」

　と幹次郎は門へと戻ると閂（かんぬき）をかけた。

　玄関に戻った幹次郎から大小を受け取った麻が羽織を触り、

「寒さがお召し物に纏（まと）わりついております、外は寒いようですね。早く着替えられてください」

と勧めた。

幹次郎は麻の口調が汀女の言い方に似てきたなと思った。だが、それを口に出すことはなかった。

「麻、桜季が本日三浦屋に戻った。高尾太夫が昔通りに振袖新造にしてくれるそうだ」

「ああ、よかった」

麻が肩の荷を下ろしたように安堵の声を漏らした。

「麻をはじめ、皆の気遣いが元の楼に桜季を戻すことになった。これからは桜季の心がけ次第、もはやだれも手が出せぬ」

と言った幹次郎は座敷に用意された普段着に着替えると囲炉裏端に行った。すると汀女が、

「廓も客が少のうございますか」

と尋ねた。

「そうなのだ。昼見世の折りは素見連(ひやかし)でまだ賑やかだったようだがな、夜見世は客足が少ない。会所が店仕舞いするわけにもいかぬが、七代目がそれがしに早上がりを勧めてくれたでお言葉に甘えた」

「偶にはうちの一家四人が早い刻限に顔を揃えるのもようございましょう」

「悪くないな」

本日は未だおあきも夕餉を摂っていないようで、四人の膳が囲炉裏端にあった。

幹次郎が定席に座ると、地蔵が寄ってきて膝に凭れかかるように傍らに丸まった。柘榴の家に独り住まっていた猫の黒介は犬のような気性をしていた。一方仔犬のせいか、地蔵は人の温もりを感じているのが好きだった。まるで猫と犬の気性が正反対だ。

「桜季さんは三浦屋に戻られましたか」

汀女が囲炉裏の火に手を差し伸べながら尋ねた。

「今朝、それがしが三浦屋まで伴った」

幹次郎は、汀女と麻に今朝からの行動を話して聞かせた。黙って話を聞いたふたりが、

「幹どの、ご苦労でございましたな」

「神守幹次郎なくば桜季さんはふたたび五丁町に戻ることはできませんでした」

と言い合った。

「もはや桜季が自力で伸し上がるまでだ」

と言った幹次郎が、両人に初音も年内に三浦屋に移ると決まったことを告げた。

「幹どのらしい心遣いですよ」

と汀女が褒め、麻が、

「姉上、どうして幹どのはこうまで女衆に優しいのでございましょうか」

「麻、そなたが惚れたのも幹どのの優しさでしょう」

「いいえ、そんなものではございません。幹どのは加門麻の命の恩人です。わが身を捨てて私を助けてくれたのです」

三人の問答を驚きの顔で聞いていたおあきが、

「燗酒でようございますか」

と銚子を運んできた。

「師走の風を聞きながら囲炉裏端で酒を呑む、極楽じゃな」

三人はおあきに酒を注いでもらい、頷き合って温めの燗酒に口をつけた。

「美味い」

と幹次郎の口から自然とこの言葉が出た。

「いや、玉藻様にな、偶には四郎兵衛様と酒を酌み交わしますかと誘われたが、やはり家で呑む酒がいちばんじゃな」

「幹どの、美形三人に囲まれ、その上黒介に地蔵が傍らに控えています」

「大楼の座敷で呑む酒の味は、お大尽でなければ分かるまい。それがしは気取りがのうて、うちの囲炉裏端がなによりじゃ」

「幹どのは、伊勢亀のご隠居の席に招かれたことがございましょう」

「麻、それがしは吉原会所の用心棒じゃぞ。お客人の話し相手にいただく酒だ、馳走になる酒の味は、美味い不味いなどない。ただその場の雰囲気を壊さぬようにな、喉に流し込んでいただけだ」

「なんとまあ、勿体ないことでございます。薄墨の酌でもなにも感じませんでしたか」

汀女が尋ねた。

「麻が酌をな、さようなことがあったかのう」

「呆れました」

と麻が言った。

「でも、幹どのが言われることは、この汀女にも察しがつきます。料理茶屋で酒を楽しまれるお方と馳走になるお方では同じ酒でも味わいが違いましょう。お客様を見て、そのような気がしました」

「立場立場で同じ酒でも味がそれほど違いますか。うちのお父つぁんなど、普請場で馳走になる酒でも煮売り酒場の酒でも酔っ払うまで呑んで満足しています」

とおあきが言った。

「それはそれでよいのだ。それがしが言いたいのはわが家で呑む酒がいちばん美味いという一事だけだ」

「はいはい、それは間違いございますまい」

と言った汀女が、

「幹どの、年のうちに伊勢亀のご隠居の墓参りに行かれては」

と言い添えた。

「それがしも気にはなっておった。半日くらい暇は作れよう」

と答えた幹次郎は、

「明朝、伊勢亀の当代に許しを乞うておこうか」

と言いながら、麻を見た。

「ぜひお供します。姉上も私どももとごいっしょしませんか」

「麻、伊勢亀のご隠居はきっとふたりが姿を見せるのを喜ばれましょう。ふたりで参られませ」

と汀女が笑みの顔で麻に言った。

幹次郎は汀女の言葉を黙って受け止めた。

その夜、寝床の中で汀女が幹次郎の傍らに体を差し入れながら、

「幹どの、麻に情けをかけてあげなされ」

と呟いた。

幹次郎は黙って汀女の体を両腕に抱き寄せながら、

「さような真似をしてみよ。あの世で地獄に落ちることにはならぬか」

「私どもは十年もの間、妻仇討として刺客に追われた地獄の旅がございました。幹どの、地獄極楽はこの世にございます。この今を大事になされ」

幹どの、ただ今の暮らしがございます。私どもはすべてを捨てて竹田を出てきて、ただ今の暮らしがございます。この今を大事になされ」

幹次郎は汀女の言葉を聞きながら、強く両腕に抱き締めていた。

二

翌朝、津島道場に朝稽古に行ったあと、御蔵前通りに伊勢亀を訪ねた。このと

ころ無沙汰をしていて伊勢亀の敷居を跨ぐのは久しぶりのことだった。

「おや、後見、珍しゅうございますな」

大店の伊勢亀の表を仕切る大番頭の吉蔵が幹次郎の顔を見て言った。

「なんぞ厄介ごとですか」

「いえ、年の瀬です。もしこちらのお許しが出るならば、先代の墓参りに行きたいのですがいかがでございましょう」

「亡くなった先代と神守様の間柄です。わざわざお断わりにならずともようございましょう」

と吉蔵が言い、店座敷に通るかと目顔で尋ねた。

「お許しを得られれば、それがしの用事は済んだも同然です」

幹次郎はそれでも、津田近江守助直を腰から抜くと伊勢亀の上がり框に腰を下ろした。なんとなく吉蔵の顔に話があると書いてある気がしたからだ。傍らに置かれた助直は七代目の形見の品だ。

阿吽の呼吸で吉蔵も帳場格子を出て幹次郎の傍らに座を占めた。

伊勢亀の別邸丹頂庵は鐘ヶ淵の一角にあり、七代目の墓も別邸の近くの毘沙門天多聞寺だ。このことを先代は親しい札差仲間にも秘密にしていた。ゆえに幹次郎も断わりに来たのだ。

「最前の話ですが、いつなりとも墓参(ぼさん)に行かれませ。先代が喜ばれましょう。船はうちで用意しておきますでな」

「会所の七代目と相談して半日暇を作ります。日程が決まり次第お知らせに参ります」

「女衆も同行なされますな」

と吉蔵が幹次郎に質した。

「わが女房どのは料理茶屋を預かっているゆえ同道はできぬそうです。加門麻は当然墓参致します」

「承知致しました」

と応じた吉蔵が、

「本日当代は同業との談合に出ております。神守様とお会いしたいと申しておりましたぞ」

「ならば墓参の日が決まり、こちらにお知らせに来る折りに半右衛門(はんえもん)様にお目にかかりとうございます」

と幹次郎は答えた。

女衆が茶を運んできてくれた。やはり吉蔵には話がありそうだと、幹次郎は推量した。

身罷った七代目の遺言で札差の筆頭行司を継いではならぬ、札差仲間の動向を平役になってとくと見るのだという言葉を守り抜き、八代目半右衛門は無役となった。さりながら札差百余組の中で伊勢亀の力は隠然たるものがあった。ためになにかと理由をつけて札差仲間から呼び出しがかかるようだ。

「蔵前界隈も落ち着いたようですね」

「筆頭行司は森田町組鹿嶋屋清兵衛様に決まりましたで、一応騒ぎは鎮まりました。ですが、鹿嶋屋様には残念ながら力不足です。そこでどちらの派もうちを取り込もうと、未だにあれやこれやと名目をつけて旦那様に誘いをかけてこられます」

伊勢亀の先代の後釜を狙う札差が何人かいた。だが、どれもが帯に短し、襷に長しの感があって、身罷った伊勢亀の隠居より年上の鹿嶋屋清兵衛へと代えてみても、海千山千の仲間を取りまとめることができなかった。

「八代目は未だお若い。平役でお仲間の動きを見ておくのは後々のためになりましょう。なんぞそれがしがお役に立つならばいつなりとも駆けつけます」

と幹次郎は答えた。

広い伊勢亀の店の一角、ふたりの傍には近づく者はいなかった。

「心強うございます」

と答えた吉蔵が、

「四郎兵衛様がつい先日旦那様を訪ねてこられました」

「さようでしたか」

吉蔵はしばし間を置き、茶碗を手にした。

「神守様の一件は当代からお聞きしております」

幹次郎は四郎兵衛が伊勢亀の当代になにを話したか推察がついた。

「腹は固められましたか」

「大番頭さんに一々説明する要もございませぬが、われら吉原の陰の者です。こちらの八代目でさえ先代の遺言を守って一札差として蔵前の動きを見ておられます。それがしがやるべき御用には限りがございます、なすべきことをなす、それだけでございます」

「四郎兵衛様は考えに考えられた末に神守様に白羽の矢を立てられた」

吉蔵の言葉に幹次郎は黙したままだった。

「神守様も難儀を背負うお方ですな」

と吉蔵が嘆息し、

「旦那様から妙な話を聞きました」

と話柄を変えた。

「吉原に関わりがあることですか」

「はい、ございます」

と言い切った。札差百余組の筆頭行司を長年務めていた伊勢亀だ、特別な情報網を持っていた。

「お訊きしてようございますか」

幹次郎の言葉に頷いた吉蔵が、

「名は挙げられませんが老舗の引手茶屋の一軒の話です。引手茶屋の沽券をカタにかなりの借財を負っておるそうな」

「このご時世です。諸々の緊縮策は吉原に大きな影響を与えております。商いが苦しいのはその茶屋ばかりではございますまい」

幹次郎の返答に意は伝わったと思ったか、

「残念ながら旦那様からは、引手茶屋の名も金を都合した仲間の名も私は教えてもらえませんでした」

と言外にその先は幹次郎が調べてみよと言っていた。

「ひとつだけお尋ねしてようございますかな」

「私の立場で答えられることは答えます。なにしろうちの後見の問いですからな」

吉蔵が笑った。

「茶屋が借財を作ったのは博奕ですかな」

「いえ、廓の外に水茶屋を拵えたのです。ですが、考えるほど客が来なかったと聞いております。場所は不忍池の傍だそうです」

江戸の水茶屋は、寛保から延享（一七四一〜四八）のころより、繁華な場所にいささか値が張る休み茶屋として始まった。ただ今では安直な茶店から茶汲女が色気を売り物にするような茶店まであった。

吉蔵の話は、単なる茶店とは思えなかった。

幹次郎は茶を喫しながらしばし思案し、

「当代と年の内にお会いしとうございます」

と立ち上がった。

浅草御蔵前通りから吾妻橋へと向かいながら幹次郎は伊勢亀の大番頭吉蔵の言葉を吟味した。そして、幹次郎は思い当たった。

(もしかして老舗の引手茶屋とは浅田屋のことではないか)

もしその勘が当たっているならば、出入りの芸者が浅田屋で吉原では禁じられた行い、「転ぶ」ことをなしているのは、やはり浅田屋が承知の上でのことではないかと推量された。

また厄介がひとつ生じたな、と思いながら、松平定信の寛政の改革がもたらす悪影響かと考えた。そして、考えを変えて吾妻橋の袂から浅草寺の前を通り、新寺町通りから不忍池に向かった。

東本願寺の門前で見廻り中の桑平市松一行にばったりと会った。

「昨日は世話になった」

と桑平が幹次郎に礼を言い、

「先に行っておれ」

と同行の御用聞きと小者らに命じた。

「村崎同心どのが諦めたかどうか、もうしばらく須崎村で我慢なさることだ」

「いや、こたびの住まいでも贅沢じゃ。われら、町奉行所の同心風情が住めるとと桑平が応じた。

ふと幹次郎は、桑平に吉蔵から聞いた一件を尋ねてみようと考えた。

「つい最近のことではないかと思う。不忍池界隈に水茶屋が店開きしたのをご存じないか」

「うむ、水茶屋じゃと。吉原の裏同心どのが関心を寄せる水茶屋な」

　としばし思案した桑平が、

「池の西側、下谷茅町に一年半ほど前に『ゆきのや』なる茶店が開いた。だがな、池に面してはおらぬで、なかなか客が来ない。一時は、店仕舞いの噂も流れた。ところが最近、急に盛り返して流行っておるそうな」

「盛り返した曰くはなんだな」

「そりゃ若い娘を茶汲女にして、色気商いを始めたからではないか。あの界隈は東叡山寛永寺領ゆえ町方のわれらもおいそれとは手が出せぬ」

　と桑平が言い、

「なんぞ吉原との関わりで懸念があるか。あるならば手伝うぞ」

「桑平どの、今のところ曖昧な域を出ぬ。ゆえにそれがしが『ゆきのや』を覗いてみよう。そのうえでそなたの手を借りることが起きるやもしれぬ」

と言った幹次郎に桑平が、

「相分かった」

と答えて小者たちのあとを追おうと行きかけたが、また幹次郎を振り向いて、

「そなた、承知か。昨日、廓内で掏摸を働いた野郎ふたりを大番屋に送り込む船行の間、面番所の連中はそやつらに逃げられたそうだ。同心はだれだな」

と尋ねた。

「なに、吉祥天の助五郎とちょろ松とか申すふたりを取り逃がしたか。折角うちの澄乃が捕まえたのに、村崎同心がかっさらって手柄にしようとしたふたりだ」

「なんだと、村崎同心がふたりの担当か。逃げられた折り、あやつはその場におらなかったのかのう」

と首を捻った。

「折角の手柄じゃが金にはならぬと、小者に任せたとは考えられぬか」

「かもしれぬ。となると雪どころではないな。あやつの失態ならば、面番所勤番も危ないな」

「吉原会所は村崎同心程度がちょうどよいのじゃがな」

と幹次郎は正直な気持ちを告げた。

「吉原会所に泣きついてくるぞ」

幹次郎は桑平の言葉を聞いて、

「そういえば村崎同心があの場で妙なことを言うていたな」

「なんだ、妙なこととは」

「なんでも中山道筋で押込み強盗を繰り返してきた赤城の十右衛門一味の下働きを吉祥天の助五郎らが務めていると漏らしたのだ」

「なに、逃げられたふたりは赤城の十右衛門一味の下働きじゃと。真の話かのう、われら定町廻り同心も知らぬ話じゃぞ。村崎季光め、どこから探り出した話であろうか」

桑平が首を捻った。

「桑平どの、助五郎らが逃げたのには理由があったのではないか」

「赤城の十右衛門一味の手下になっていることを突かれるからかのう」

「村崎め、面番所でふたりを問い質しておろう。なぜ、ふたりを大番屋に送るのを手先たちに任せたか」

両人は新寺町通りで問答を繰り返したが、それ以上の進展はない。

「よし、それがしが村崎同心に会うてみよう」

と幹次郎が言い残し、ふたりは左右に別れた。

水茶屋ゆきのやは、不忍池に面してはおらず、道を一本西側に入った場所にあった。門内には大きな藤棚があった。たしかに通りがかりの人は藤の季節でもなければ門内に入りにくそうだった。

幹次郎は塗笠で面体を隠していたが、もし浅田屋と関わりがあるのならば、直ぐに正体が判明すると思い、不忍池の端からしばらく眺めていた。すると客を乗せた駕籠がゆきのやの門を潜って入っていった。

幹次郎は空駕籠が出てくるのを待った。

情報通は船頭か駕籠屋と決まっていた。ここは駕籠屋の口に頼るのがよかろうと思っていると直ぐに空駕籠が現われた。

「駕籠屋、浅草寺までいくらかな」

「へえ」

と答えた先棒が幹次郎の形を吟味していた。勤番侍とも浪人ともつかぬことは直ぐに察しがついたようで、

「一朱ではどうですね」

「乗ろう」

幹次郎は助直を抜くと駕籠に乗り込んだ。後棒が幹次郎の雪駄を値踏みして駕籠に挟んだ。

「相棒、行くぜ」

「はいよ」

と駕籠が小走りに走り出した。

「駕籠屋、そなたら下谷広小路が縄張りか」

「お侍、そんなところだ」

「酒手を稼ぐ気はないか」

「なんですね」

「そなたらが客を運んだ水茶屋ゆきのやだがな、女が揃っているそうだな」

「お侍、ゆきのやに上がりたくて、わっしらの駕籠に乗りなさったか」

「そういうことだ」

駕籠屋の足が止まり、

「お侍、酒手たあいくらだ」

「話次第では一分まで出そう。駕籠代は別でよい」

「細身の娘ならはるかかね、床上手はおふじだ」

「はるかはいくらか」

「四半刻（三十分）一分、泊まりは三分だな」

「なかなかの値段だな」

「吉原で遊ぶよりは安直だ、それに素人女だぜ」

「不忍池界隈で素人女と遊べる水茶屋をやろうなんて、考えたな」

「なんでも吉原に関わりのある御仁が主というがね」

「吉原に関わりの者ならば考えそうなことだな」

幹次郎の言葉に駕籠屋はしばし黙り込んだ。

「旦那、おれと相棒に一分ずつ酒手を弾んでくれないか」

「なにかよいことがありそうか」

「旦那の知りたいことを話そうじゃないか」

「それがしの知りたいことが分かるかな」

「旦那は女が欲しくておれっちの駕籠に乗ったんじゃねえ。ゆきのやの主がだれだか知りたいとみた」

「承知か」

「一度だけ吉原の大門前に送っていったからね。懐に前日の上がりを入れた客の正体を承知だ」

「よかろう、一分ずつ弾もう」

駕籠が停まり、幹次郎の履物が揃えられた。

幹次郎は財布から二分と一朱を出した。

「引手茶屋浅田屋の若い主だよ」

「よう分かったな」

「昼下がりのことだ、なんとなく客のあとをつけて引手茶屋の浅田屋の暖簾を潜って入っていくと、若旦那のお帰りですよ、と男衆の声がかかったんだよ。歳は二十七、八かね、男前だ」

と駕籠屋が言い切った。

その日、幹次郎が大門を潜ったのは昼見世の最中だった。

面番所の前に青い顔をした村崎季光が立っていた。

「どうなされた」

「しくじった」

と弱々しい声を吐き出した。

幹次郎は村崎の顔を正視した。

「昨夕のな、掏摸のふたりを取り逃がした」

「逃がしたとはどういうことで」

ぼそぼそと言い訳した。

「小者に預けて大番屋に身柄を送ったのだ。その途次、新大橋下の中洲付近に差しかかったとき、数人の浪人者が乗った船に襲われて、吉祥天の助五郎とちょろ松を奪われたのだ。わしが同行していれば、かような無様はさせなかったがな」

「掏摸ふたりを奪ったのはだれですね」

「それが分からぬ」

と言った村崎が、

「なんとかならぬか。わしの首が危ない」

「昨日、あのふたりは赤城の十右衛門の下働きになったと、言われましたな」

村崎同心が愕然として幹次郎を見返し、

「さようなことをそなたに言うたか」

と問い返した。

「もし、なにかあるならば村崎どの、そなたの首ひとつでは済みませんぞ」

「ど、どうすればよい」

「すべてそれがしに話されることです」

「あ、相分かった。面番所にはだれもおらぬ。こちらに来よ」

と村崎同心が幹次郎を面番所に呼び込んだ。

三

半刻（一時間）後、幹次郎は四郎兵衛と番方の仙右衛門の前にいた。

幹次郎は、浅田屋の一件をふたりに話し聞かせた。

話が終わってもふたりは黙り込んで考えていた。そして、四郎兵衛が重い口を開いた。

「なんと、松平定信様のご改革が吉原の老舗の引手茶屋をさようなところまで追いつめましたか。先代の女将が未だ経験の浅い倅の東左衛門さんを御し切れなかったか、あるいは先代の女将が焦り過ぎたか」

四郎兵衛が呟くように言った。

「七代目、廓内の引手茶屋で芸者が客と寝るのは、吉原の法度に触れますな。ですが、廓の外に開いた水茶屋で素人女を使って客に遊ばせるのは、やはり吉原の触れで、罰することができますかね」

仙右衛門が言い出し、

「まずは三味線の佐八と新内節の助六姉妹が転んだ一件の証しを摑んで不忍池のほうへ網を広げ、町奉行所の手を借りるしかございますまい」

と四郎兵衛が応じた。

「神守様よ、わっしのほうから七代目には報告してありますが、見番の小吉さんの手伝いもあって、佐八と助六の姉妹の一件は、十日ごとにふたりの客と浅田屋で会っていることははっきりとした。妹の助六は廓の外に住んでいるが、金目当てだろう、男がいる。こいつがのっぺりとした面の慎太郎って博奕打ちでしてな、助六に芸者の域を超えて稼がせているんだろう。姉の佐八は、異母妹に同情した風で妹を手伝っているんじゃないかと、小吉さんが言うんです。一年前までは芸者として十分な稼ぎをして、その稼ぎに満足していたが、最近はふたりして芸まですぎすしていると言いなさった」

「浅田屋は、ふたりが転んだのを見て見ぬふりかな」

「そこがな、小吉さんの調べでもわっしの調べでもはっきりとしない。間違いなく承知だとは思うんだがな」

「澄乃が料理番見習いの糸松から話を聞くと言うておったが、未だなんの知らせもないか」

「おっと、うっかりとしていた。澄乃は神守様に報告していませんか」

「今朝から外廻りをしていたで、澄乃とは会ってないのだ」

番方が、

「おい、澄乃はいないか」

と座敷から呼んだ。すると澄乃が返事をして姿を見せた。

「澄乃、糸松って男からなんぞ話が聞けたか」

番方の問いにちらりと視線をくれた澄乃へ、幹次郎が頷き返した。

「糸松さんは二階座敷のことまで知らないようです。ですが、浅田屋では奉公人の給金が滞（とどこお）り、出入りの商人への支払いもだいぶ溜まっているとのことです」

と答えた。

「まあ、料理番見習いじゃ、芸者の動きまでは分かるめえ」

と番方が答えた。

「ですが、佐八さんと助六さんを呼ぶ客の名は分かりました」

「ほう、そいつは手柄だ。何者だ」

「ふたりして隠居です。ひとりは魚河岸の魚隈の隠居の智吉さん、もうひとりは杉森新道の履物屋梅松の隠居の新左衛門さんです」

「おやおや、ふたりして吉原の遊びが長い御仁だ。ふたりとも揚屋町の岩城楼の長年の馴染じゃなかったかね。たしかに浅田屋が出入りの引手茶屋ですよ」

四郎兵衛が澄乃の言葉に応じ、

「年を取ってくると並みの女郎遊びじゃつまらなくなったかね」

と言った。

「七代目、そんなものですか」

と思わず仙右衛門が問い返し、

「番方、年寄りたって人さまざまですぞ」

と言い返された。

「こりゃ、つい口が滑っちまった」

「過日も玉藻にお父つぁんも外に妾を囲いなさいよ、と勧められたばかりだ。だがな、こんな仕事を長年やっていると、外に妾を囲う気は起きません。ましてや娘に勧められて妾宅を構えても面白くもなんともありますまい」

と四郎兵衛が言い添えた。そして、

「魚隈と梅松の隠居ふたりが次に浅田屋に来るのはいつですね」

「明日です」

と澄乃がはっきりと答えた。

「ならば、こちらはね、私が話をつけてみましょうかね。なにも廓内で馴染客に恥を掻かせることもありますまい」

「話して分からない客じゃありませんしね」

仙右衛門も応じて、

「すると、ふたりの隠居に七代目が話をしたあと、浅田屋をどうするか、芸者姉妹の始末をどうつけるか、お指図(さしず)願えますか」

と四郎兵衛に質した。

「そういうことになりますか。長年の吉原のご贔屓様です。表に出すこともありますまい」

「ですな」

　ここで、澄乃が座敷から下がった。その場に仙右衛門と幹次郎が残った。

「神守様よ、面番所で村崎の旦那と長話をしていたな。なんぞまた頼まれたか」

　仙右衛門は幹次郎が面番所に連れ込まれたのを見ていたらしい。

「七代目、番方、昨日、澄乃がとっ捕まえた掏摸の吉祥天の助五郎とちょろ松のその後の騒ぎをご存じですか」

「面番所の村崎の旦那がかっさらっていったんじゃないのか」

　仙右衛門の言葉に頷いた幹次郎が、大番屋に送り込む途中でふたりの身柄を取り逃がしたことを告げた。

「ほう、ちんぴら掏摸を奉行所の御用船から奪った面々がおりますか」

「七代目、村崎同心はふたりに関わっても金にはならないと、小者らに任せて大番屋に連れていかせたのです」

「その途中で身柄を奪われた」

「はい、南町としてもおおっぴらにはできますまい。村崎同心は青菜に塩の体でした」

「さて、小者の掏摸なんぞの身柄を何者が奪いましたかな」

「七代目、ふたりが中山道筋を荒らし回った押込み強盗の赤城の十右衛門一味の下働きをしていたと、村崎同心はそれがしにうっかりと漏らしました。そこでその辺りをしつこく問い質しますと、喋りました」

村崎季光は、南町奉行所の手配書を見て、赤城の十右衛門一味が江戸入りした可能性があることを承知していた。一味のひとり、江戸無宿の深川の小弥太は、吉祥天の助五郎とは幼い折りに深川の同じ裏長屋で暮らしたことがあり、顔見知りだった。偶然、浅草寺の境内で小弥太に会い、助五郎は、

「おい、今なにをしているよ」

と尋ねられて、

「大きな声じゃ言えねえがよ、しけた掏摸が食い扶持だ」

と答えると、

「相変わらずケチな仕事をしてやがるか。どうだ、おれの頭分の下働きをしてみねえか」

と言うので一味の手伝いを始めたという。

村崎同心がこのことを承知していたのは、昨日澄乃に捕まる前、土手八丁で昼見世に向かう客の財布を助五郎とちょろ松のふたりが抜き取ったのを見かけて、待乳山聖天社の境内で稼ぎを調べようとしたところを、

「おい、稼ぎはいくらだ」

と声をかけたからだ。あわを食った助五郎が、

「ああー、面番所の村崎の旦那か」

と応じ、

「気安く名を呼ぶんじゃねえ。財布の中身を渡しな、そうしたら、こんどばかりは見逃してやろうじゃないか」

「旦那、二分ぽっちだぜ」

「となると見逃すわけにはいかねえな。番屋に行こうか」

村崎同心の言葉に助五郎が、

「旦那、魚心あれば水心、ちょっとした話があるんだが、見逃してくれないか」

と言い出し、「話してみねえ」と村崎が応じたというわけだ。


「吉祥天の助五郎は、赤城の十右衛門一味の下働きに誘われたことを話すことで、村崎同心に掏摸を見逃してもらったのです。その後、廓内で助五郎とちょろ松が捕まり、会所に連れ込まれそうになった。べらべら喋られるのを恐れて、村崎同心はふたりを慌てて面番所に連れ込んだのです」

「呆れましたな」

四郎兵衛が嘆息した。

「となると、吉祥天の助五郎とちょろ松を御用船から奪ったのは赤城の十右衛門一味ということになるか、神守の旦那よ」

「ふたりは御用船から強奪するほどの大物ではあるまい。赤城の十右衛門は、なぜあえて危険を冒(おか)してまでそれをなしたのか、その辺りがな」

「たしかに、生え抜きの手下でもないふたりをなぜ助けたか、妙な話ですな」

とふたりの問答に加わった四郎兵衛が首を傾げた。

「それがし、あのふたりを廓内で初めて見たが、昔から大門を出入りしていたか」

「いや、あのふたりは浅草寺界隈が仕事場のはずだ」

仙右衛門が言った。

「そんなふたりが廓内に入り、掏摸を重ねたのはなぜであろうか」

三人が沈黙して考え込んだ。

「赤城の十右衛門は中山道筋が稼ぎ場でしたな、ということは江戸をよく知らない。吉祥天の助五郎とちょろ松は、十右衛門一味の下働きとして廓内に目星をつけに来たとは考えられませんか」

仙右衛門が推量した。

「廓内で押込み強盗を働くと、番方は言いなさるか」

「まずどんな悪党も大門からしか出入りのできない吉原での押込み強盗は、ふつうは考えませんな。七代目、相手は中山道筋を稼ぎ場にしてきた在所者だ。御免色里の吉原には銭が埋まっていると思ったんじゃありませんか」

「助五郎もちょろ松も廓には馴染がないと言うたな。そんなふたりはどこの楼に、あるいはどの茶屋に目をつけたのかな。その上、掏摸まで働いて遠助に目をつけられ、澄乃にとっ捕まる失態を演じておる。村崎の旦那がいなければ、会所の調べでべらべらと喋ったかもしれぬぞ。ふたりが大門を潜ったあと、まずなにをしたか、調べる要はなかろうか」

幹次郎の言葉に仙右衛門が沈思した。すると四郎兵衛が言い出した。

「赤城の十右衛門は、助五郎やちょろ松を信頼したわけでは決してないでしょうな。ふたりの動きを手下に見張らせていたということではございませんかな」

幹次郎が頷いた。

「よし、わっしらは助五郎とちょろ松が廓内でどう動いたか、調べてみよう」

と番方が言った。

四郎兵衛の供で幹次郎は、今戸橋際の船宿牡丹屋から猪牙舟に乗り込んだ。船頭は政吉だ。

「七代目、どちらに向けますね」

「魚河岸だ、本船町の河岸に着けてくれませんか」

「合点だ」

と呑み込んだ政吉が棹を使い、隅田川へと向けた。

師走半ばだが雨も少なく、ぱさぱさの日和が続いていた。

「七代目、ひと雨欲しいところですな」

と棹を櫓に替えた政吉が言った。

「大降りの雨は吉原の客足に響きますがな、こう乾いていては火事が怖いですからな」

政吉の猪牙舟は隅田川に出たが、いつもの年より水面が低かった。

「七代目、先日もお願い申しましたが、事が一段落ついたら伊勢亀のご隠居の墓参に行ってきたいのですが、半日ほど暇を頂戴できませんか」

「年の内ですな。いま会所が抱えている厄介は、番方が調べている件だけですかな」

幹次郎は頷いた。

「神守様の判断で日取りを決めなされ」

「有難うございます」

と応じた幹次郎は、

「七代目、伊勢亀半右衛門様にお会いになったそうな」

「ほう、神守様もお会いになりましたか」

幹次郎は首を横に振り、

「伊勢亀の八代目にお考えをお聞きしたいと思いましたが、残念ながら他用中でお会いすることは叶いませんでした。その代わり、番頭の吉蔵さんが、八代目は『おや、吉原会所はうちの後見に目をつけられましたか』と笑っておられたと教えてくれました」

「神守様の気持ちは固まりませんか」

「七代目、いささか事情が違ってきたのではございませぬか」

「玉藻の懐妊ですか」

頷く幹次郎に四郎兵衛が、

「考えてもみてくだされ。生まれるのは来年です。男子か女子かは、そのときまで分かりませんよ。よしんば男子だとしても、成人し、分別がつくまでにはどう少なく見積もっても二十年はかかりますぞ、私はその時分にはあの世におりますでな」

と笑った。

「汀女先生にも未だ相談されておられませんか」

「まずそれがしが決心つけるまで姉様には話さぬつもりです」

しばし沈思していた四郎兵衛が、

「墓の前で伊勢亀の隠居に相談してみなされ」

と言った。

四郎兵衛と幹次郎は、この界隈で葭町(よしちょう)と呼ばれる日本橋川(にほんばしがわ)の堀留(ほりどめ)の河岸道にある茶店で、本船町の魚隈の隠居智吉と杉森新道の履物屋梅松の隠居新左衛門と向き合っていた。

師走の夕暮れ前、茶店には客はいなかった。

「ご隠居方、いつも吉原をご贔屓にしてもらって有難うございますな」

四郎兵衛が穏やかに話を切り出した。

智吉も新左衛門も四郎兵衛が直々に両人を呼び出した曰くをすでに察していた。黙り込んでいたふたりだったが、

「すまねえ、七代目、吉原の決まりを破ってしまった。どんな仕置でも受けよう」

と長年魚河岸の老舗魚隈を仕切ってきた智吉が四郎兵衛に潔く頭を下げ、新左衛門が慌てて倣った。

「おふた方、頭を上げてくださいな。話しにくうございますよ」

と言った四郎兵衛が、

「この一件、引手茶屋の浅田屋は承知でしょうな」

「むろん承知だ。大女将のお素さんの、どうですね、ときに見番芸者なんぞと遊ばれたら、という誘いかけがきっかけなんだよ」

「佐八も助六も承知してのことですな」

履物屋の主だった新左衛門ががくがくと頷き、

「あのふたりも金が欲しいというんでね、つい私たちも話に乗ったんですよ」

「吉原で遊び慣れたふたりでも芸者はまた別の味ですかえ」

「そりゃもう」

と智吉が言い、慌てて、

「この歳になって、素人女に巡り会うことはないからね」

と言い訳した。

「魚隈のご隠居、杉森新道のご隠居、あのふたりが姉妹と承知でしたかな」

「はあー」

と智吉が妙な声を上げ、

「まさかそんなことはあるまい。顔も体つきも気性も違いますよ」

と新左衛門が言い張った。

「異母姉妹でしてね、妹の助六にはいささか厄介な男がいますのさ」

「た、大変だ」

「どうすりゃいい、七代目」

とふたりが言い合った。

「こたびの一件は長いご贔屓に免じて忘れましょう。ですが、当分は大門を潜らないほうがようございましょうな」

「なに、わしらの所業を忘れてくれなさるか」

と智吉が安堵の声を漏らし、新左衛門が、

「まさか女の相方がうちに押しかけてくるなんてことはございますまいな」

とこちらは案じた。妹を相手に床を共にしていたのは新左衛門か。

「ご隠居、さようなことがなきように見番の小吉さんと話し合います。もし万が一、男がお店に押しかけるなんて所業に及んだ折りは会所に使いを立ててください。うちが始末します」

四郎兵衛が言い切って、ひとまずふたりとの話し合いは終わった。

四

四郎兵衛と幹次郎が吉原に戻ったとき、珍しくも南町定町廻り同心桑平市松が大門の隅にそっと立っていた。

刻限は五つ前、廓内はそこそこに客がいた。だが、大半が在所から江戸見物に出てきた男衆で、妓楼に上がる手合いではなかった。

「桑平どの、どうなされた。まさか雪どのになにかござったのではあるまいな」

幹次郎の問いに桑平が首を振り、

「いや、雪はお陰様で平穏にしておる」

と答えると、

「直ぐに小梅村の家へと戻ることができましょう」

と四郎兵衛が応じ、

「お雪様を伊香保まで追って捜すなど、あちらのお方にはとてもそんな余裕はありますまい」

と言い足し、笑った。

「はい、隠密廻り同心はそれどころではございません」

と桑平が答えた。

「桑平どの、われらに用事ですな、なぜ会所でお待ちにならない」

「神守どの、廓内は隠密廻りの縄張りでございますでな。大門前で待たせてもらいました」

と桑平が律儀(りちぎ)に答えた。そんな人柄であった。

「なにがござった」

「廓内で掏摸を働いた吉祥天の助五郎とちょろ松のふたりがなぶり殺しにあって

首尾ノ松付近の中洲で捨てられておりました。猪牙舟の船頭が見つけたのです。それがし、雪のもとから八丁堀に戻る舟にて偶さか騒ぎにぶつかったのです」

「なんと」

四郎兵衛が驚きの声を上げた。

「殺したのは赤城の十右衛門一味であろうか」

と幹次郎が自問した。

「ただ今のところその線しか考えられますまい」

桑平の返答に四郎兵衛が、

「助五郎とちょろ松、一味にそれほど深く関わっておりましたかな」

幹次郎が首を捻り、尋ねた。

「桑平どの、両人の骸は大番屋に運ばれましたか」

「いや、それがしが騒ぎに出会ったとき、土地の御用聞きも姿を見せておりませんでした。おそらく未だ首尾ノ松で調べが行われておりましょう」

桑平は吉原会所に知らせるべきと、咄嗟にこちらに出向いてきたようだ。

「それがし、ふたりの骸を見ることができようか」

「そう言うと思うたでこちらに駆けつけた」

桑平の返答に、幹次郎は首尾ノ松に向かうことにした。

「廓内で調べが進んでおるかどうか、番方らに訊いておきます。桑平様に不忍池の一件も話してくだされ」

四郎兵衛が願い、頷いた幹次郎は、

「桑平どの、こちらには舟で来られたか」

「須崎村から大家どのの舟で送ってもらい、ために助五郎らの骸にぶつかったのだ。その舟で今戸橋まで戻り、土手八丁を徒歩(かち)で参った」

ならば、と幹次郎は、ただ今別れたばかりの船宿牡丹屋に桑平を連れていき、政吉船頭に手数を願った。

「神守の旦那、なんとも忙しいな。なにがあった」

政吉が南町奉行所の定町廻り同心桑平を気に留めながら訊いた。

「掏摸ふたりの骸が首尾ノ松付近で見つかったそうだ」

「なに、面番所が奪われたという掏摸ではあるまいな」

さすがに吉原会所と関わりの深い政吉だ、質した。

「どうやらその掏摸らしい」

「わっしら、最前首尾ノ松を通ってきたばかりだが、本流を上ってきたで騒ぎには気づかなかったな。それにしても村崎の旦那はえれえ厄介に巻き込まれたもんだ、もっとも自業自得だと思うしかないか」

と政吉が冷たく言い放った。

桑平は政吉の猪牙舟に乗り込んだが、なにも言葉を発しない。舫い綱が解かれ、最前まで乗っていた猪牙舟に幹次郎も乗り込んだ。

政吉の猪牙舟は今戸橋を潜って一気に隅田川に出ると、右岸沿いに首尾ノ松に急いだ。

「不忍池の一件に進展があったかな」

桑平が幹次郎に尋ねた。

幹次郎は桑平に芸者が転んだこと、水茶屋には引手茶屋の浅田屋が関わりあると判明したことを話した。

「七代目と、引手茶屋浅田屋の座敷で芸者が転んでいた相手に会ってきたところだ。吉原の馴染の客でな、ふたりしてご隠居じゃな。つい誘われて芸者に手を出したらしい。その客から、浅田屋の大女将が深く関わっておったという証言が得られた。となると、廓内の引手茶屋は吉原の決まりに照らして処罰されような」

「潰されるか」

「それがしには分からぬ。じゃが、このご時世、引手茶屋の老舗が暖簾を下ろしても直ぐには後が見つかるかどうか」

それ以上のことは幹次郎にも推量がつかなかった。一応五丁町の名主らに話は通すが、四郎兵衛の胸ひとつで老舗の引手茶屋の店仕舞いがどうなるか決まることになるなと思った。

幹次郎は話柄を変えた。

「不忍池裏の水茶屋ゆきのやじゃが、茶汲女に女郎の務めをさせているのはたしかだ。昼下がりに浅田屋当代の東左衛門が前夜の売り上げを取りに来るのも分かっておる。とはいえ、廓の外のことだ、会所が東左衛門を問い詰めるわけにもいくまい」

「七代目は引手茶屋にいつ引導を渡される心積もりかな」

「五丁町の名主方に話を通さねばなるまい、となると明日の夜見世前かのう」

「ならば、同じ刻限、水茶屋ゆきのやにこちらも踏み込もう」

と桑平が言い切った。

「七代目に伝える」

と幹次郎が答えたとき、政吉船頭の猪牙舟は首尾ノ松前の小さな中洲に着いて

いた。灯りがちらちらして御用聞きが、

「おや、桑平の旦那、どうなされましたな」

と尋ねた。その問いには答えず、

「骸はどこだえ」

「船に載せてあります」

「見せてくれ」

政吉の猪牙舟が御用船に横着けされた。掛けられていた筵(むしろ)を小者が剥がすと、吉祥天の助五郎の恐怖に歪(ゆが)んだ顔が見えた。木刀(ぼくとう)で殴られたか、傷が無数にあった。

幹次郎は猪牙舟から上体を乗り出して、助五郎の死因が傷を受けてのことかどうか検(あらた)めようとした。御用聞きが提灯を差し出して顔の下を照らした。

喉元をひと突き、迷いのない刀傷があった。

「ちょろ松も喉元の一撃か」

桑平の問いに御用聞きがへえ、と答えた。

「素人相手とはいえ、情け容赦のないひと突きじゃな」

「剣術遣いじゃな」

「間違いなかろう」

「ということは、かような殺し屋が一味に加わっておるということか」

と答えた幹次郎が、ふと思いついた。

「助五郎とちょろ松の身柄が奪い去られたのはこの辺りではないのか、桑平どの」

「いや、もっと下流の、新大橋下の中洲付近と聞いておる」

「在所者がえらく隅田川に詳しいな」

「一味の隠れ家がこの界隈にあると思われるか」

「右岸は幕府の御米蔵やら武家屋敷が多い。川向こうの本所深川の一角に隠れ家があると考えられぬか」

「まあ、そうかもしれぬな。ということは、連中、えらく上手に船を乗りこなしていぬか」

「江戸で仕事を働くには船は入用じゃな、それと江戸を承知の者が加わっていよう」

幹次郎は助五郎の幼馴染が深川生まれだったな、と漠然と考えていた。

「さて、助五郎とちょろ松はなぜ殺されたか。危険を冒して御用船に船をぶつけ、ふたりの身柄を取り戻している。それでこんどはあっさりと口を封じた、どういうことだ」

と桑平が自問するように言った。そして、御用聞きに言った。

「こちらは済んだ」

「へえ」

御用聞きらが筵を骸の上に掛けて仕度をし直した。

政吉が猪牙舟を御用船から離れさせた。

幹次郎はやはり、ふたりが捕まった廓内に秘密が隠されているような気がした。

一味の親分赤城の十右衛門が命じた以外の掏摸をなしたために、両人は口を封じられたのではないかと思い、そのことを桑平に告げた。

「掏摸を働いて会所の飼犬の遠助に見咎められ、会所の女裏同心どのに捕まった。大仕事を前に余計なことをしてかような目に遭ったのかな」

と桑平が応じた。

となると、

(吉原で、やつらが命じられていたこととは、やはり)

「村崎の旦那は、助五郎とちょろ松のふたりが殺されたことでいよいよ南町で立場がなくなったな。吉原会所にとっても、村崎季光が無役に落とされるのは、差し障りがあるのではないか」

と桑平は会所が村崎同心を気ままに使いこなしていることを承知で質した。

「目から鼻に抜けるような隠密廻り同心が村崎同心の後釜に入るのは困る」

と幹次郎が正直に答えると、

「まあ、吉原会所の都合で南町は動くわけではないからな」

と言った桑平が、

「おれは大番屋に向かおう」

と政吉に猪牙舟を急がせた。

幹次郎が吉原の大門を潜ったのは五つ半（午後九時）を過ぎた刻限だった。会所には番方と澄乃がいた。

「おい、ケチな掏摸が殺されたというのはたしかか」

「番方、間違いない。あのふたりだ。七代目にお会いしたいが、そなたらも同席してくれぬか」

と両人に願った。

四郎兵衛は奥座敷で幹次郎の帰りを待っていた。

「どうでしたな」

四郎兵衛が早速幹次郎に尋ねた。

幹次郎は、吉祥天の助五郎とちょろ松の殺され方を克明に告げた。

しばし座に重い沈黙が満ちた。

「神守様、あいつらは大した悪党ではありませんな。こたびのことはどう考えればようございますな」

「桑平どのと話し合いましたが、ふたりは口封じで殺されたかと思います」

とだけ三人の前で答えた。

「ということは、中山道筋で押込み強盗を繰り返してきた赤城の十右衛門一味は江戸に不案内ゆえ、あの小物たちが下働きをしていた、ということですかな」

「間違いなかろうと思います。会所が気にすべきは、あのふたりが廓内にいたことです」

「あやつら、鼻の下を伸ばした客の懐を狙って廓内で掏摸を働いただけではないのか」

仙右衛門が幹次郎に質した。

「いや、あやつらが廓内にいたのは、他に曰くがあるような気がする。でなければ、赤城の十右衛門は、危険を承知であやつらの身柄を奪い返したのに、翌日には殺したふたりをこれみよがしに大川に捨ててはいくまい」

「まるで吉原に挑戦しているようでございますね」

とそれまで黙っていた澄乃が口を開いた。

「吉原に挑戦な、江戸で在所の悪党が名を売り出すには、うってつけの場所でございますがな」

と四郎兵衛が呟き、

「あるいは江戸町奉行所への挑戦か」

と言い足した。

「番方、あやつらが廓のどこを訪ねたか、分かったか」

「それがな、あやつら、大門を潜ったあと、四半刻後に遠助に睨まれ、澄乃の麻縄に打たれて捕まっておる。大事の用を命じられたのならば、そいつを済ませてから本業を働いてもよかろうに、時を稼いでいたのかね」

仙右衛門が首を傾げた。

「掏摸を働いた動機がないわけではない」

幹次郎は村崎季光同心と吉祥天の助五郎、ちょろ松の関わりを告げた。この一件は四郎兵衛にはすでに報告していたことだ。

「なんですって、面番所の村崎様は掏摸の上がりを掠(かす)めようとなされましたか、呆れました」

と澄乃が言い、

「もしかしたら、村崎同心に横取りされた金子の埋め合わせに廓内で掏摸をやらかしたのでしょうか。あるいは村崎同心ならば捕まっても見逃してくれると高(たか)を括(くく)りましたか。村崎同心が、慌ててあのふたりの身柄を面番所に連れ込んだわけが分かりますよね」

と言い添えた。

「よし、これからもう一度、助五郎とちょろ松の廓内での動きを細かに調べ直す」

と番方が言い、立ち上がろうとすると、澄乃が、

「私も手伝わせてください、番方」

と願った。

　ふたりがいなくなったあと、四郎兵衛が煙管に刻み煙草を詰めながら、

「助五郎とちょろ松は、赤城の十右衛門から受けた命の内容を大番屋で喋らせないために殺された、ということで間違いございませんな」

　四郎兵衛が幹次郎に念を押し、幹次郎が頷いた。

「ふたりが掏摸を働く前に十右衛門の命をなしていたかどうか。それを確かめるのは難しゅうございますかな」

「いえ、ひとりだけその命を承知と思われる者が残っております」

「え、さような人物がおりましたか」

「面番所隠密廻り同心村崎季光」

「おお、足元を見忘れておりました」

「ただ今村崎同心どのはどうしておりましょうな」

「間違いなく八丁堀の役宅に謹慎を命じられておりましょう」

　しばし沈思した幹次郎が、

「それがし、村崎どのに密かに会うて参ります」

「さようなことができますかな」

「官許の廓内で押込み強盗を見逃したとしたら、吉原会所の面目は丸潰れでござ

いましょう。かようなことは一刻も早く取り除くことが肝要」

うーむ、と漏らして、刻み煙草を詰めた煙管を片手に腕組みした四郎兵衛が沈思した。

「今晩ということはございますまいが、七代目、会所の面々になにが起こってもよいように警備をお願いできませぬか」

「見廻りを厳しく命じます」

幹次郎は三たび政吉船頭の世話になって八丁堀を訪れた。すでに四つは過ぎていた。最初に訪れたのは、桑平市松の役宅だ。

「なんだ、裏同心どのは夜昼なしに働いておるか」

「曰くは後日話す。ただ今、村崎同心に密かに会いたいのじゃが、役宅に忍び込む知恵はござらぬか」

「なに、謹慎の身の村崎季光の役宅に入るじゃと」

と桑平が唖然とした顔で幹次郎を見返した。

「曰くを話せぬか」

「話せば万が一の場合、そなたにも迷惑がかかろう。曰くは事が済んだあとにしてくれぬか」

「そなた、失敗したらどうなる」

「腹を切る覚悟、自信はないが一命を賭しておる。村崎どのとてそれがしと話すことで救われるやもしれぬ、一縷の望みがあるのだ」

桑平はそれでも沈思した。

「そなたには恩義があるでな」

「われらの間に恩義の貸し借りなどなにもない。それがしはただそなたの知恵に縋るだけだ」

と幹次郎が言うと、桑平が小者のお仕着せ一式を持ってきて、

「こちらの座敷でこれに着替えられよ」

と命じた。

幹次郎は着流しの衣装を脱ぎ捨て、お仕着せに替えた。さらに御用提灯を持たされた幹次郎は桑平の案内で隠密廻り同心村崎季光の役宅に向かった。

四半刻後、小者姿の幹次郎と村崎季光は、小者の住む長屋で向き合っていた。

なにか言いかけた村崎を手で制した幹次郎は、珍しく長広舌をなした。話が

進むうちに村崎の顔色が真っ青になり、さらに赤みを増した。

　半刻後のことだ。

「そなたの言葉を信じていいのか」

「隠密廻り村崎季光同心が南町奉行所で救われる道はこの他にござらぬ。それがしも一命を賭してこの役宅を訪れた、そなたとそれがしがいっしょに命を懸けねば、われら共倒れでござる」

　長い沈思のあと、村崎同心が喋り出した。

第四章　吉原受難

一

昼見世の刻限、吉原会所の七代目四郎兵衛と神守幹次郎は、仲之町の引手茶屋浅田屋を訪れた。

古手の番頭逸蔵(いつぞう)がふたりの姿を見て顔色を変えたが、

「会所の七代目がうちを訪ねられるとは珍しい。急ぎの用ですかな」

と硬い笑顔で質した。

「逸蔵さん、そう考えられていい」

「ならば大女将と若旦那に話を通してきましょう。しばらくお待ちを」

と制するのを、

「逸蔵さん、しばらく訪ねてなかったが、知らない間柄ではなし、帳場に上がらせてもらいましょう」

四郎兵衛が毅然とした口調で言い、表口から大階段の前の板の間に上がった。

幹次郎も津田助直を外すと手にして、番頭に会釈し四郎兵衛に従った。

逸蔵が帳場へ声をかけようとするのを幹次郎が手で制した。

老練な番頭はふたりの挙動でなんの用か察したらしく、上がり框に愕然と腰を下ろした。

「お素さん、東左衛門さん、会所の四郎兵衛にございます。ちょいとお邪魔を致しますよ」

自ら障子を開き、帳場を見渡した。

お素と東左衛門が昨日の売り上げか、勘定をしていた。親子が狼狽してなにかを言いかけたが言葉にならなかった。

「な、なんですね、七代目。突然お見えになるなんていささか礼儀を欠いておりますよ」

お素がそれでも抗うように言葉を絞り出した。

四郎兵衛が親子の前に座し、幹次郎は障子を閉めてその場に腰を下ろした。

「もはやお察しでございましょうな」

東左衛門が抵抗を試みた。

「し、七代目、お察しとはなんのことでございますかな」

「二階座敷に見番の芸者、佐八と助六姉妹が上がっておりますな」

「ふたりを贔屓にするお客様がおられますので、客人の到来を待っていますけど。それがなにか」

「お素さん、魚隈のご隠居と梅松のご隠居のふたりが客ならば本日はお見えになりません。いえ、今日だけではございません。金輪際馴染の引手茶屋浅田屋に姿を見せられることはございますまい」

「なんですって、どういうことですよ」

お素が不意に形相を変えて四郎兵衛に突っかかった。

「お素さん、私どもが動くときはすべて調べが終わっておるということですよ。つまり私どもはふたりの隠居にお会いして、芸者姉妹が転んだ話をすべて聞いたということです」

四郎兵衛の言葉に、親子が顔色を変えた。それでもお素は、

「四郎兵衛さんとうちとは同業ですよ。なにか差し障りがあって同業の茶屋に嫌

がらせをなされますのか」

「お素さん、うちは同業ゆえにこたびの一件には、殊更煩悶致しました。だがね、私の娘が引手茶屋の女主であることと、こたびの話は関わりございません」

と四郎兵衛が言い切った。

「お素さん、東左衛門さん、吉原には見番ができたとき以来、芸者が客と床入りするのはご法度という決まりがございますな。こんなことをおまえさん方親子に説明する要もございますまい。昨日今日できた引手茶屋の主ではございませんからな」

「佐八と助六が転んだという証しでもありますか」

そのとき、表口で人の気配がして、番頭の逸蔵と小声で話し合っていたが、大階段を上がっていく足音がした。

「お素さん、最前ふたりの隠居と私らは会ったと言いませんでしたかな。おふたりは潔く姉妹芸者と十日おきに寝ていることを話してくれました。見番頭取の小吉さんもただ今二階座敷に上がり、芸者ふたりを見番に連れ戻しておるようです」

「おっ母さん」

東左衛門ののっぺりとした顔が歪み、

「うちはだれがなんと言おうと悪いことはしていませんよ」

お素が最後の抵抗をするように呟いた。

「面番所がお調べになれば事がはっきりとしましょう。私の言うことが信用できないというのならば、町奉行所隠密廻り同心をこの場に同席させてもようございます」

四郎兵衛の厳然たる言葉にお素は顔を伏せた。が、直ぐに顔を上げて、

「ようございます。面番所の役人を呼んで白黒つけてもらいましょうか」

と居直った。

「しばらく時がかかります」

「待ちますよ」

「ならば退屈しのぎに別の話を致しましょうか」

と言ったとき、大階段から何人もの足音がして、ふたりの芸者が表に連れ出された気配がした。そして、

「七代目」

と小吉の小声が障子の向こうからした。

「あのふたり、見番に連れていきましたかな」

「へえ、おれの調べが終わったら会所に報告に上がります」

「そうしてくだされ」

四郎兵衛が願い、注意を親子に戻した。

「お素さん、その目の前の売上金は不忍池裏の水茶屋ゆきのやの上がりですかな」

その問いにもはや親子は抗う言葉をなくしていた。

「廓の引手茶屋の主が他人の名義を借り受けて廓の外で水茶屋を商うのには、私ども吉原会所は手が出せません。されどその水茶屋で茶汲女を客と床入りさせる不法を常習的に行えば、町奉行所に相談して取り締まっていただく、これが吉原会所の手続きです。念のために申し上げておきますが、あちらには南町奉行所の手が入っております」

四郎兵衛の言葉に東左衛門が悲痛な声を漏らした。

お素がそんな倅を見ながら罵り声を上げた。

「七代目、うちはどうなるんですね」

「浅田屋は吉原で手堅い商いをしてきた引手茶屋ですがな、もはや吉原会所がどうこうする域を超えております。本日ただ今より商いを閉じていただきましょうか」

四郎兵衛が非情な宣告をなした。

吉原会所にお素、東左衛門、番頭の逸蔵の三人が連れていかれて調べが行われた。

老舗の主と番頭の調べだ。会所の土間でというわけにもいかず、四郎兵衛の座敷にて、五丁町の名主立ち会いの上での調べだった。その場で引手茶屋浅田屋が客と見番芸者を床入りさせていた経緯が三人の口からそれぞれ語られた。

お素はあれこれと言い訳をなしていたが、東左衛門と逸蔵は、一年も前からの不法行為を認めた。

さらに四郎兵衛の口から不忍池裏で水茶屋を開いて、茶汲女に女郎をさせていたことも語られた。

三浦屋の四郎左衛門ら五丁町の名主たちは、唖然とした表情で老舗の引手茶屋の愚行(ぐこう)を聞いていた。

「というわけでございます。不忍池裏の水茶屋には、南町奉行所が入っておりますでな。そちらとの兼ね合いもございましょうが、まず、廓の決まりに反したこたびの所業への、うちの沙汰をどうするか決めておかねばなりますまい」

「ふうっ」

と溜息を吐いた揚屋町の名主常陸屋久六が、

「浅田屋さんは吉原の老舗の引手茶屋であるという立場ではありますが、もはや仲之町で茶屋の暖簾を掲げるのは無理でしょう」

と口火を切った。

五丁町の名主は妓楼の主ばかりだ。

上客と妓楼の仲立ちをする引手茶屋が見番芸者を転ばすことを主導していたとなると、当然自分たちの商いに直に差し障りが生じる。まして、寛政の改革の最中、客が減っている折りの不法行為だ。このような考えが示されるのは当然予測された。

他の名主たちも無言のうちに常陸屋に賛意を示した。

四郎兵衛が、五丁町の実力者にして総名主の三浦屋四郎左衛門を見た。最前から全く口を開いていなかったこともあり、四郎兵衛が、

（なにか付け足すことはあるか）

と目顔で問うたのだ。

「残念ながらこたびの一件、私ども妓楼が見逃しにできることではございません」

四郎左衛門が言い切り、事が決着した。

その場に座らされていたお素が泣き声を上げ、東左衛門と逸蔵は茫然自失していた。

「七代目、浅田屋が廓を引き払うのはいつですな」

江戸町二丁目の名主相模屋伸之助が質した。

「明日にもと言いたいが、浅田屋さんにも都合はございましょう。明日から三日の猶予をもって引き払うというのはいかがでしょうかな」

「三日ね、致し方ございませんな」

角町の名主池田屋哲太郎が四郎兵衛の提案に賛意を示し、他の者も頷いた。

「ということです。お素さん、東左衛門さん、宜しゅうございますかな」

「たったの三日」

と番頭の逸蔵が漏らし、

「大女将さん、若旦那、私ども奉公人はどうなりますので」

と主親子に質した。

だが、ふたりからなんの返事も返ってこなかった。

「給金も半年以上滞っております。大女将さん、私ども奉公人の滞っている給金は支払ってくれるのでしょうな」

逸蔵の口調がもはや奉公人のそれではなくなっていた。

「番頭さん、その話は浅田屋に戻って話し合われませんか」

四郎兵衛が執(と)り成(な)し、お素が、

「七代目、もはや取り調べは済んだのですね」

と念押しした。

「お素さん、もう一度申し上げます。引手茶屋浅田屋は廃絶(はいぜつ)です。そして、三日の猶予をもって立ち退(の)きになります」

と繰り返した。

「よう分かりました、四郎兵衛さん、他にうちへの仕打ちがありますかね」

お素が居直りを見せた。その挙動にはなにか隠されているように四郎兵衛には見受けられた。

「お素さんがそう申されるゆえ、ひとつだけ聞いてほしいことがございます」

「なんですね、七代目」

「もし引手茶屋浅田屋の沽券を売って奉公人の給金に充てると申されるのならば、ここに居られるご一統さんに相談なされませんか。どなたかが都合してくれるやもしれませんでな」

四郎兵衛の言葉にお素が、

「ふーん」

と鼻で笑い、

「浅田屋の沽券は不忍池裏の水茶屋を購う金に換わっております」

と吐き捨てた。

「廓内の妓楼や引手茶屋を売買する場合、会所に前もって届けを出す決まりはお素さん、おまえ様も知らぬことではございますまい。ただ今沽券はだれの手にございますので」

お素は口を歪めて四郎兵衛の問いに答えなかった。

「東左衛門さんにお尋ねしましょうかな」

と四郎兵衛が倅に質すと、

「東左衛門、答えるんじゃないよ」

とお素が命じた。

四郎兵衛がぽんぽんと手を打ち、

「お素さんをそちらにお連れしなされ」

と命じた。

金次らがお素に手をかけようとすると、

「触るんじゃないよ。自分のことくらい自分でできますよ」

と言ったお素が立ち上がった。

「東左衛門、私らの命がかかっていることを忘れちゃならないよ」

お素が捨て台詞（ぜりふ）を残すと座敷から姿を消した。

一座に溜息が流れた。

番頭の逸蔵は向後のことに思いを巡らしてか、虚脱（きょだつ）したままだ。

「おっ母さんの言葉、私らの命がかかっているとは、東左衛門さん、どういうことですかな」

四郎兵衛が穏やかな声音で質した。

もはや東左衛門には四郎兵衛をはじめ、名主たちの前で抗う力は残っていなかった。

「沽券はどなたの手にございますので」

それでも東左衛門は口を閉ざしていた。

「おっ母さんの言葉は裏切れませんかな。ならば、私が名を挙げましょうか。当たっていれば、頷いてくだされ。それならばおっ母さんの言葉に反したとは言えますまい。どうですな」

だが、それでも東左衛門は意思表示しなかった。

四郎兵衛も間を置いた。

五丁町の名主たちは四郎兵衛の得意の引っかけがしくじりに終わったか、と思った。

「沽券の持ち主は、元吉原駕籠屋新道の金貸し十一ならぬ十二の岩五郎ですかな」

四郎兵衛の言葉に東左衛門が悲鳴を漏らした。

十二の岩五郎は親の代からの金貸しで、十日に二割の利息を強いるのでこの名があった。むろん十二なんて法外な利息は公儀も認めていない。この強引な金貸し商法を押し通すために命知らずの用心棒を何人も雇っていた。お素が、私らの命がかかっていると言ったのはこのような背景があってのことだった。

「なんと、悪名高い十二の岩五郎に沽券を渡しなさったか」

伏見町の名主壱刻楼蓑助が呆れたという顔をし、番頭の逸蔵が、

「若旦那、わっしらの給金は払ってくれるんでしょうね」

と最前の話を蒸し返した。

「番頭さん、返しても返しても、元金が減るどころか利息が増えていきます。水茶屋も早晩岩五郎の手に落ちます。そなたらに払う金がどこにあるというのです」

「若旦那、それはありますまい」

吉原会所の奥座敷で、引手茶屋の若旦那と番頭がいがみ合った。

「七代目、そなた、浅田屋が岩五郎に頼ったことを前から承知でしたか」

三浦屋の四郎左衛門が質した。

「いえ、つい最近のことですよ」

杉森新道の履物屋梅松の隠居新左衛門が、駕籠屋新道の十二の岩五郎の家にお素が入るのを見たことがあると、別れ際に話してくれたのだ。見たのは一年前のことだという。それでカマをかけてみたのだ。

四郎兵衛の返答に四郎左衛門が、

「東左衛門さん、駕籠屋新道の金貸しに頼る前に、なぜ吉原会所の仲間を思い出さなかったんですかな。こんなひどいことには決してならなかったものを」

と慨嘆し、

「ともかく三人で腹を割って話し合いしなされ」

とその場から東左衛門と逸蔵を下がらせた。


その場に残った五丁町の名主たちはしばし冷えた茶を喫したり、刻み煙草をふかしたりして気分を落ち着けた。

口火を切ったのは四郎兵衛だ。

「浅田屋はもはや手の打ちようがない。だが、浅田屋の沽券があの金貸しに渡ったのは厄介です」

侃々諤々の談議が続いたが、だれもが有効な手立てを持っていなかった。

四半刻後、名主たちは会所から引き揚げていった。残ったのは四郎兵衛と三浦屋四郎左衛門だ。

「七代目、十二の岩五郎から沽券を取り戻すのは厄介ですぞ」

「とは申せ、あの金貸しを廓に関わらせるわけにはいきますまい」

「なんぞ知恵がございますかな」

「南町奉行所の定町廻り同心桑平市松様とうちの神守幹次郎様がただ今会っております。神守様が戻りましたら、この一件、相談することになろうかと思います」

「神守様の手を借りることになりますか」

「できることとなれば、神守様の手を汚すことはしたくないのですがな」

と四郎兵衛が言い、

「あの一件の返答も未だございませんが」

と首を横に振った。

「老中松平様のご改革次第では、この吉原にも浅田屋の二の舞を演ずる妓楼や茶屋が出てきてもおかしくはありますまい」

「そこです、この緊縮策に抗するなにかを考えませんと、吉原は困窮に陥りますな」

と吉原の巨頭ふたりの話はいつまでも続いた。

南町奉行所定町廻り同心桑平市松一行に従い、幹次郎は、不忍池裏の水茶屋ゆきのやの主が茶汲女たちに常習的に床入りを強制しているとの調べをもとに踏み込んだ。

二

その場にいた番頭の文造（ふみぞう）は、元は吉原の妓楼にいた見世番（みせばん）で、引手茶屋の主東左衛門の代理として水茶屋を切り盛りしていた。

茶汲女三人が客と床入りしていた現場を押さえた桑平は、客の稼業、住まいなどをその場で問い質して、小者に証言の内容を控えさせた。その上で後日奉行所から呼び出しがある際は、素直に従うように命じて引き取らせた。

また茶汲女からも売色行為の実態を聞き質して、番頭ら主（おも）だった奉公人といっしょに番屋に送り込んだ。

茶汲女に女郎の真似をさせている水茶屋が江戸府内にないわけではない。だがゆきのやのある場所は東叡山寛永寺領であり、桑平は寺社奉行支配下の知り合いの同心に断わって、ゆきのやに踏み込んだのだ。

水茶屋ゆきのやは、即刻店仕舞いに追い込まれた。

この日の売り上げの三両二分は、南町奉行所が没収した。浅田屋東左衛門が毎日昼下がりに売り上げを回収に来ることも文造が証言した。

すべて事が終わったのは、吉原会所に引手茶屋浅田屋の親子と番頭が呼び出されたとほぼ同じ刻限であった。

「ご足労でござった」

幹次郎が桑平に礼を述べた。

「礼を言われるほどのことでもない。それにしても浅田屋はよほど追いつめられていたのかね。廓内の茶屋では見番芸者に客を取らせ、廓外の水茶屋で茶汲女に同じようなことをさせて稼いでいた」

桑平も幹次郎もこの時点では、浅田屋が引手茶屋の沽券を担保に水茶屋を開業したことを知らなかった。

「先代までは老舗の引手茶屋を手堅く商っていたと聞いておる。当代が若いこともあって、大女将があれこれと画策し始めたことが、商いが狂った因ではないかと、番方の仙右衛門どのは言うていたがな」

「会所の調べを待って、うちでも当代の東左衛門と大女将のお素を奉行所に呼び出すことになろう」

と言い合った。

「面番所の村崎同心は未だ謹慎中でござろうな」

「そう聞いておる。掏摸とはいえ取り逃がした吉祥天の助五郎とちょろ松がそのあと、殺されておるのだ。それに村崎同心が関わっていたことが公になれば、無役に落とされる程度で事が済むかどうか」

桑平の話を頷きながら聞いた幹次郎はしばし沈黙して下谷広小路へと歩を進めた。

「なんぞ考えておるのか。面番所に村崎同心が戻るのは難しいぞ」

「手はないことはない」

「うーむ。どういうことだ」

幹次郎は、そこで進めていた歩を止めると、またしばし沈黙してから、

「これからの話、そなたとそれがしだけの話にできぬか」

不意に幹次郎が言い、桑平が幹次郎の顔を直視した。

「話を聞きもせんのにそれはあるまい」

「村崎同心が絡む話だ」

「なんと。まだ何かあるのか。話してみよ」

「村崎同心は吉祥天の助五郎とちょろ松が廓内にいた真の日くを聞き知っておった。だが、ふたりから聞かされた真の日くを信じていなかったために、赤城十右衛門一味に先手を取られてふたりを取り戻され、抹殺されてしまった」

「廓内にいた真の日くとはなんだ」

「廓内のある店に引き込みを入れて押込みをやることを両人は村崎同心に喋っておったのだ」

「なんと、村崎同心は承知していたか」

「ゆえにわれらふたりだけの話にしてくれと申した。これ以上、吉原会所としては村崎同心に弱みを見せさせたくないのだ」

　桑平の顔に当惑が見えた。

「桑平どの、話を繰り返す。押込みを前に掏摸を働き、吉祥天の助五郎とちょろ松のふたりは村崎同心に捕まった。だが、面番所では押込みの一件は一切喋っていないということにしてくれぬか」

「つまり、村崎同心の失態をなかったことにしてくれというか」

「そういうことだ」

「村崎同心の使い道がこれからもあるとそなたは考えておるか」

「面番所と吉原会所は阿吽の呼吸で動く場合もなければならぬ。もっとも村崎同心にその勘があるかどうかは知らぬがな」

しばし桑原市松が思案し、ゆっくりと頷いた。

「廓のことは廓に任せよう」

「助かる」

桑平は少し考えるそぶりを見せたあと、意気込んで尋ねた。

「それで、どこだ。村崎同心は押込み先がどこかを知っていたのか」

「いや、それがな、はっきりしないのだ」

村崎同心が掏摸のふたり組から聞いた吉原廓内での押込み強盗の話は実に漠然としたものだった。狙いは妓楼でもなく引手茶屋でもないというのだ。

村崎同心は、掏摸の上がりを掠めた一件で、吉祥天の助五郎らの口を塞ぐことに気を取られていたこともあり、肝心の押込み強盗のほうを詳しく突っ込んで訊いていなかった。村崎同心が幹次郎に話したことは、

「引き込みがすでに押込み先に入り込んでおる」

「けち臭い蕎麦屋だ」

という二点だけだった。ということは表通りの五丁町ではないのか。そこを、村崎同心は助五郎らに厳しく問いつめていなかった。だが、どう見ても廓内にけち臭い蕎麦屋なんてなかった。

　桑平は思案しつつ言った。

「しかし、掏摸のふたりに廓内の見世に目星をつけさせていたというのは、いささか頼りなくないか。それが証しに、女裏同心に掏摸仕事を怪しまれ、叩きのめされておる」

「と、われらも最初は思っておった。だが、そうなると赤城の十右衛門がふたりを惨殺した意はどこにある」

　幹次郎が問い返し、桑平が沈思した。

「なるほど、吉原の押込み先を承知していたからこそ、あのふたりの口を封じたと考えれば、辻褄が合う」

「それがしもそう思う。押込みの首尾が整ったゆえ、あのふたりが殺されたのではないか」

「となると、今晩にも廓内で押込み強盗があっても不思議ではないのだな」

「それを案じておるのだ。ゆえにそれがし、急ぎ吉原に戻る」

ふたりは下谷広小路に出ていた。

幹次郎は駕籠を拾うつもりだった。

「ま、待て。廓は格別な場所じゃぞ。怪しげな風体(ふうてい)の押込みどもが十数人、どうやって大門を潜る気か。むろんちりぢりに風体を変えて廓内に入り込むとして、つとめを果たすのは夜半九つ（午前零時）過ぎであろう。たったひとつの出入り口、大門も閉じられておろう。会所の不寝番を殴り倒して強引に逃げるというか」

「正直、引け四つ（午前零時）まで妓楼が商いをしている場所で押込み強盗を働くのは難儀じゃ、それでも赤城の十右衛門は、江戸入りの幕開けに吉原を選んだのではないかと、思うておるのだ。吉祥天の助五郎とちょろ松が口を封じられ、首尾ノ松の傍に投げ捨てられたのは、吉原会所、あるいは町奉行所への挑戦状ではなかろうか」

「ふーむ」

と唸(うな)った桑平が、

「わしも考えてみよう」

と言い、ふたりは下谷広小路で別れた。

幹次郎は辻駕籠を拾い、

「吉原に急いでくれ」

と命じた。

「合点だ」

と言ったが駕籠屋は幹次郎の注文に応ずる気配はない。

「どうしたな」

「旦那、酒手を弾んでくれないか」

「そなたらの働き次第じゃな。ともあれ、急いでくれぬか」

「旦那、馴染の女郎ならば逃げはしめえ」

「そなたら、それがしを客と睨んだか」

「違うのか」

「吉原会所の者だ」

「まさか裏同心の旦那じゃねえよな」

「呼び名は嫌いじゃが、そう呼ばれることもある」

「なんて名だったかな」

「神守幹次郎」

「そ、そうでございましたね」

駕籠屋の口調が急に丁重になった。

「行ってくれるのか行かぬのか」

「乗ってくんなまし」

と先棒が花魁言葉を真似て言い、幹次郎は駕籠に乗り込んだ。すると、

「旦那、しっかり摑まってな、すっ飛ばすからな」

と叫ぶと疾風(はやて)のように駆け出した。

大門の前まで飛ばしてきた駕籠から幹次郎が下りると、会所の法被(はっぴ)を着た金次らが、

「なんだ、客じゃねえのか。神守の旦那か」

と迎えた。

幹次郎は駕籠屋に一朱を払い、

「遊びに来た折りは会所を訪ねよ。悪いようにはせぬ」

「よしきた、神守の旦那名指しで廓に上がるぜ」

と言った。

「一体どうしたんだ、神守様よ」

「金次、浅田屋はどうなった」

「暖簾を下ろさせられたぜ。あと三日で引っ越してんでよ、浅田屋は大忙しだ」

どうやらこちらも決着がついたようだと幹次郎は思った。

「騒ぎはあるまいな」

「騒ぎね、浅田屋の番頭の逸蔵さんと女中頭のおみちさんが、七代目に泣きついていましたぜ」

「どういうことだ」

「なんでも浅田屋では半年ほど給金が滞っているんだと。暖簾を下ろしたはいいが、大女将のお素さんも若旦那もない袖は振れぬと、払う気はないらしい。三日後に吉原の外に銭もなく放り出されたら、仕事も寝る場所もないってんで、なんとかしてくれないかと泣きついてきたんだ」

「とはいえ、このご時世、新規に奉公人を雇う妓楼や引手茶屋があるか」

「そこだ。致し方なく、山口巴屋など七軒茶屋で何人かずつ、雇い入れることになったそうな」

と金次が言い、幹次郎は頷くと大門を潜った。すると澄乃がいた。

「七代目はいなさるか」

「はい、奥座敷に」

「あとで見廻りに付き合ってくれ」

と言い残した幹次郎は四郎兵衛の座敷に向かった。

四郎兵衛と幹次郎は廓内浅田屋と不忍池裏の水茶屋のゆきのやでの出来事を報告し合った。

浅田屋の親子が追いつめられたのは、駕籠屋新道の金貸し十二（とに）の岩五郎に引っかかって身動きがつかなくなったからだと幹次郎は知らされた。

「十二の岩五郎のところに沽券が渡っておりましてな、これを回収するのは厄介でございますよ」

四郎兵衛が言い、頷いた幹次郎が話を変えた。

「七代目のところに奉公人が泣きついてきたとか」

「こうなるんじゃないかと心配はしていましたがな、考えてみれば、奉公人の罪咎はあの親子ほどない。ともかく当座は七軒茶屋と名主方に一人ふたりと奉公することでな、話がついたところです」

「それはようございました」

「あとは沽券の一件です」

「金貸し十二の岩五郎なる者の名を初めて聞かされたのは、履物屋梅松の隠居の口からでしたな、まさかこれほど深く関わっておるとは思いもしませんでした。この一件、桑平どのに明日にも相談してみます。さような金貸しならば、一つふたつ奉行所が弱みを握っておりましょう」

「また神守様と桑平様に面倒をかけますな」

四郎兵衛が言った。

「相身互いでございましょう」

と応じた幹次郎は、

「差し当たってこの件より、赤城の十右衛門一味がどちらの見世に目をつけたか、そのほうが気になります。ふらりと見廻って参ります」

と断わった幹次郎は、四郎兵衛の座敷から会所に戻った。すると、番方の仙右衛門らが見廻りから戻っていた。

「こちらに変わりはないようだな」

「今のところ異変は見えないがね。まさか、大門しか出入り口のない吉原で押込み強盗一味が仕事をするとは思えないのだがな」

番方が首を捻った。

「そうであることを願いたいな。そうでなくともあれこれと騒ぎが生じておるのだ」

と幹次郎は応ずると、津田近江守助直を着流しの腰に一本差しにして塗笠を手にした。

「番方、すまぬが若い衆をうちまで使いに出せぬか。今晩は会所に泊まりだと、麻でもよいおあきでもよい、告げてくれればよい」

「そうかえ、神守様はそれほど赤城の十右衛門のことを気にしていなさるか」

と応じてしばし考えた仙右衛門が三月(みつき)前に会所に入った見習いの三重吉(みえきち)に、

「おめえ、寺町にある柘榴の家を承知だな」

「へえ、一度使いに行きました」

「ならば柘榴の家に行き、神守の旦那は今晩会所に泊まりなさる、しっかりと戸締りをして休んでください、と麻様に伝えるんだ」

「麻様って元薄墨太夫だよな、おりゃ、会ったことがねえ。よし」

と急に張り切った。

「三重吉、張り切るのはいいが、それがしが会所に泊まるのをうち以外に知らせることは許さぬ」

「へえ、赤城のなんとかに察せられたくないんだな、合点だ」

と十八歳の三重吉が会所を出ていこうとした。それを番方が引き止め、

「三重吉、神守様ばかり不寝番をさせるわけにはいくまい。わっしらも当分会所に交代で泊まり込みになるかもしれぬ、山谷町へ回ってお芳にも告げてくんな」

と命じた。

三重吉が急ぎ足で出ていったあと、

「なんの証しもあるわけじゃない。だが、胸の中でもやもやしていてな、皆に要らざる気を使わせるかもしれぬ」

と言った幹次郎は、

「澄乃と見廻りに行ってこよう」

と言い残して会所を出た。

すでに会所の前で、澄乃と遠助が幹次郎を待っていた。

湿った風が仲之町を吹き抜けている。

夜見世が始まって一刻が過ぎ、いつもの師走ならば賑わいを見せる刻限だ。だが、いつもの年の瀬より客足が少なかった。

「雨が降りそうです」

「かもしれぬな」

幹次郎と澄乃はゆったりとした足取りで水道尻に向かってそぞろ歩いていった。

ふたりの背後を老犬が従ってきた。

「今宵、高尾様の花魁道中に、振袖新造に戻った桜季さんの初々しい顔がございました。五丁町に戻れた喜びが五体から感じられました」

「ほう、早くも花魁道中に加えてもらったか、まずはひと安心じゃな」

幹次郎は漠たる不安ばかりがある中、これはよい知らせだと内心喜んだ。

「桜季さんは、きっと立ち直ってくれます。もはや心配は要りません」

と澄乃が言い切った。

「となると、気がかりは赤城の十右衛門一味の動きか」

「神守様はその押込み強盗一味が吉原で凶行を働くと思われますか」

「最前桑平同心にも番方にも同じことを言われた、考え過ぎではないかとな。だが、何か手を考えているのかもしれぬ」

「一味以外は十右衛門の顔を見た者がいないそうですね」

「桑平同心にも聞かされた」

「神守様の勘はよく当たります」

「とも言えんがな」

「神守様、番方に聞きましたが、これまで吉原で押込み強盗を働いた一味はいないそうですね。九つ過ぎに押込みを働いたとして明け六つ（午前六時）にしか廓の外には出られない。とはいえ引手茶屋を使う上客は、遊女か男衆が大門まで見送りましょう。一味は十五、六人から二十人と聞きました。大門を出ようとすると目立ちます」

「いかにもさようだ」

とはいえ、やはり助五郎とちょろ松が村崎同心に嘘を吐いたとも思えなかった。

「江戸で一日千両と称されるのは、芝居町（しばいまち）か魚河岸か、この吉原だ。仲之町から五丁町には妓楼や引手茶屋が暖簾を掲げている。大籬の客は、馴染の引手茶屋に財布ごと預けて登楼（とうろう）される」

吉原の上客は、銭金を妓楼で支払うのは野暮としていた。遊びが終わると、引手茶屋の若い衆が迎えに来て、妓楼から茶屋に戻った客は朝風呂に朝餉（あさげ）を食して、大門を出る。

その折り、通の客の中には次の登楼の日取りを決め、費えを前払いする者もいた。

吉原は、遊女の見栄（みえ）と張りに客が粋（いき）で応える遊びの場だった。惚れたという言葉を虚言（きょげん）と承知で、お互いがその気で遊ぶ世界だ。銭金は表立ってはやり取りしないのが、遊女と上客の間柄だった。

「大籬に押込み強盗が押し入っても、客は金子を持っていない。となると帳場に押し入るか」

「神守様に申すのもなんですが、九つ過ぎまで灯りの点（つ）いている妓楼を狙うのは、難しゅうございます。それより引手茶屋のほうが客の財布を預かっておりますし、それなりの金子を奪えましょう」

「妓楼より引手茶屋か」

とふたりは問答を続けながら、水道尻まで辿（たど）り着いていた。

するとと夜空からぽつんぽつんと雨が降ってきた。

三

「今晩はおふたりさんで見廻りですかえ」

番太の新之助が声をかけてきた。

「なにか変わったことはないかな」

幹次郎が問い返した。

「と、申されますと、神守様」

「師走ゆえ訊いてみた」

「客が少ないのは吉原に限ったことではございませんぜ。奥山なんて安直な遊場でさえどこの小屋も客が入らないそうですよ。不景気を絵に描いたようで寂しい限りでさ」

新之助は奥山の軽業小屋で綱渡りの人気芸人だったが、朋輩の妬みを買い、細工された綱から落ちて片足を失っていた。ゆえに今も奥山のことが気になるのだろう。

「そうか、そなたの古巣も景気がよくないか」

「ですが、景気の悪いときほど、世間の人が思いも寄らない場所に小判が集まっているってことですよ。わっしには関わりがございませんがね」

「さようか、世間の景気がよくない折りには、思いもよらない場所に金が集まるか」

と呟いた幹次郎に、

「澄乃さんが捕まえた掏摸の連中、殺されたそうですね」

と新之助が問い返した。

「そうなのだ。あやつらが捕まった場所がこの吉原だ。そんなケチな掏摸風情を町奉行所の小者が同乗する船から奪い去るなんて、大胆極まる所業も珍しい。中山道筋が稼ぎ場の在所者が江戸を知らないと言えばそれまでだ。そこまでして身柄を奪ったふたりをだ、翌日には、あっさりと殺して大川に投げ捨ておった。吉祥天の助五郎とちょろ松の両人、この吉原で一体なにをしていたのであろうか」

「気になりますかえ」

新之助が幹次郎に問い返し、

「神守様は珍しく迷っておられるの」

と代わりに澄乃が答えていた。

「掏摸を働いただけじゃないってことですか」

「そう考えておられるの」

しばし無言で考えていた新之助が、

「わっしも会所のお役に立つように精々気をつけておきますよ」

と答えた。

両人はなんとなく西河岸に足を向けた。

遠助がそちらへとふたりを先導していったからだ。遠助は未だ初音の局見世に桜季がいると思っているのか、見世の前に行くと、わんわんと吠えた。すると羽目板(はめいた)の上の障子が開いて、素顔の初音が、

「遠助かえ」

と声をかけ、幹次郎と澄乃に気づいた。

「もう桜季はいないって知らないのかね」

「遠助は承知です。今宵は初音さんに会いに来たのです、ねえ、遠助」

と澄乃が遠助に質すと、わんわんと吠えて尻尾を振り、そうだという態度を見せた。

「そうかえ、わちきに会いに来たのかえ」

と初音が答え、

「どうしているかね」

と澄乃に尋ねた。むろん桜季のことだ。

「今宵の高尾様の花魁道中に振新として加わっておりました」

澄乃が答えた。

「そうかえそうかえ、うちにいた甲斐があったね」

と初音が満足げに笑った。

そのとき、雨が本降りになった。

「久しぶりの雨だね、澄乃さん、傘を持っていきな」

と塗笠を被った幹次郎を確かめ、番傘を澄乃に差し出した。しばし迷った風の澄乃が、お借りしますと初音の親切を受けた。

「神守様、三浦屋にいつだって奉公に上がりますと伝えてくれないか。女郎稼業を辞めたとなると、もはや局見世にいるのも間が悪くてね」

と初音が小声で幹次郎に言った。

「仕度は終わったということだな」

「この前も言ったね、局見世女郎の見世仕舞いなんてあっさりしたものだ」

「相分かった、今晩にも伝えておく」

と言い残した幹次郎は、塗笠で雨を避けながら天女池に出た。それまで傘をつぼめて差していた澄乃が番傘を広げて遠助に差し掛けた。

ふたりと一匹の老犬は、五丁町から漏れてくる灯りに水面を打つ雨を何気なく見ていた。

「恵みの雨になるとよいがな」

幹次郎の呟きに、番傘を遠助の体の上に差し掛けた澄乃が、

「神守様は吉原会所の仕事が好きなんですね」

「そう見えるか」

「ならば嫌いですか」

「いや、天職と思うておる」

で、ございますよね、と応じた澄乃が、

「差し出がましいことをお尋ねしてよいですか」

と断わった。

「なんだな」

「このところ神守様は悩んでおられるようにお見受けします。いえ、他人様のことではございません。ご自身のことかと私、勝手に推量しております」

「嶋村澄乃、なかなかの勘じゃな。思い悩むことがないではない、じゃがこればかりはそれがしひとりでまず決めねばならぬことじゃ。しばらくそっとしておい

てくれぬか」

「僭越な問いでございました、お忘れくださ い」

うむ、と頷いた幹次郎は、

「山屋に立ち寄っていこうか」

とさほど大きくもない天女池を半周ほど回り、蜘蛛道に入った。

山屋は店仕舞いをしていた。だが、半分ほど扉が開けてあった。不意の客に備えてのことだ。

「おや、本日はどうなさいましたな。雨だというのに、澄乃さんと遠助まで連れて見廻りですかえ」

と文六が明朝の仕込みをしながら訊いた。そして、遠助に、

「店仕舞いしているからな、店に入ってもいいよ」

と許しを与えた。その言葉が分かったように、遠助が戸口の前で身震いし、体を濡らした雨を飛ばして山屋に入っていった。

浅田屋の逸蔵は、そんな刻限、大女将のお素と若旦那の東左衛門に最後の膝詰め談判をしていた。

「大女将さん、若旦那、会所の四郎兵衛様方の世話でわっしらの働き場所がなんとか決まりました。ですがね、わっしら、新たな奉公先にいつまでいられるか、知れたもんじゃございませんよ。なにしろこのご時世ですからね」

「番頭、なにが言いたいんだい。何度も言ったがおまえさん方に払うお金なんて一文もないよ。すべて十二の岩五郎のところに右から左に持っていかれるんですからね」

「その話は聞き飽きました。まさか十二のところから金を借りて水茶屋を始めただなんて、知っていれば」

「止めたと言いなさるか」

逸蔵と言葉を交わすのは東左衛門ばかりだ。大女将のお素はむっつりとしてひと言も口を開かなかった。

「すべて詮無(せんな)いことですよ」

東左衛門が投げやりな口調で言った。

「相談です。いえ、わっしの話を聞いてもらいます」

逸蔵が覚悟を決めたという口調で言った。

「亡くなられた先々代と先代には道楽がございましたな」

と言った逸蔵にお素と東左衛門が、

はっ

と驚きの顔で逸蔵を睨んだ。その表情には不安とも恐れともいえないものがあった。

「印籠と根付。先々代から受け継いだ印籠集めに加えて先代は根付に手を伸ばされた。近ごろ出来のよい印籠や根付は、それなりの値段で売り買いされるそうな。大女将さん、若旦那、あの道楽を覚えているのは、浅田屋の中でも古手のわっしくらいでしょうな、先代のお供で骨董屋廻りをしましたからね、螺鈿の杣田細工の印籠、光悦、光琳蒔絵もございましたね。どこに隠してあるかも承知ですよ」

「逸蔵、脅しかえ」

「大女将さん、その言葉はなしだ。わっしらの給金が半年も滞っていることを忘れてなさる。いや、最初から払う気はさらさらないのでございましょ。それならそれで、わっしはこれからおそれながらと会所に告げ口するか、あるいは十二の岩五郎に垂れ込むか、どちらを選びましょうかね」

逸蔵が居直った。

「おまえ、亭主の残した印籠や根付をどうしなさるつもりだ」

「大女将さん、銭に換えてわっしら奉公人の半年分の給金に充ててもらいましょう」

「逸蔵、おまえが他の奉公人の給金を案じるタマですか」

お素がせせら笑い、

「ありゃ、二束三文(にそくさんもん)の品ばかりですよ」

と東左衛門も言い添えた。

「若旦那、最前先代の供をしたと言いましたぜ。そこそこの値は踏めますよ」

逸蔵も言い放った。

「大女将さん、おまえさん方もこの浅田屋を引き払ったら、印籠と根付が頼りじゃございませんか。若旦那には外に女もいるようだしね」

親子が黙り込んだ。

長い間があって、

「番頭さん、いやさ、逸蔵さん、おまえさん、いくら欲しいんだね。他の奉公人のことなんかこれっぽっちも考えてないくせに」

とお素が尋ねた。

「金子二十五両。となると印籠ふたつと根付を五、六個欲しいですな」

「とんでもない、その数ならば百両で買い手はつきます」

二束三文の品だと言っていた東左衛門が慌てた。

「若旦那、世間を知らないにもほどがありますぜ。だから引手茶屋を潰すことになったんだがね。百両は買い値です、売り値ならばせいぜい二十両がいいとこでしょうな」

双方が駆け引きをしていた。

お素と東左衛門は考え込んだ。

「若旦那、まずね、わっしに品を預からせてくださいな。廓内の質屋に値踏みさせますからさ。なんなら若旦那も付き合いますか」

一見華やかな廓の暮らしも裏に回れば急に金子の都合をつけねばならないこともあった。女郎たちは節季など費えがかかるときに、客からもらった櫛簪笄を禿などに持たせて質入れして金子を拵えた。また居続けの客が遊び代を払えず、煙草入れなどを質草にすることもあった。ために廓内に何軒か、質屋が暖簾を掲げていた。

「おっ母さん」

と東左衛門が母親の顔を窺った。東左衛門が質屋に顔を出して印籠の値踏みをしてもらえば、たちまち浅田屋の潰れたことが廓じゅうに広がるのは目に見えていた。

「番頭さん、おまえさんに印籠ふたつと根付を三つ渡しますよ、そいつを値踏みしてもらってくださいな」

「大女将さん、ならばわっしのほうから注文をつけますぜ。印籠は、小川破笠の笠翁細工ものと、常嘉斎の糸巻蒔絵の都合ふたつ、根付はおまえさん方に選ぶのをお任せしますよ」

と言った。

「しばらく外しておくれ。おまえさんが願った品を選んでおくからさ」

とお素が諦め顔で言った。

四半刻後、揚屋町の質屋長楽庵の暖簾を横目に、逸蔵が路地の入り口から店に入った。すると店内の細長い台の前に先客がひとりいた。恰幅のいい壮年の男で背丈もあった。客を見るのが商いの逸蔵も、

「どこぞの大店の主」

と睨んだ。その客は凝った造りの煙草入れを値踏みさせていた。

「おや、逸蔵さん、なんぞ御用ですかな」

長楽庵の一番番頭が奥から声をかけてきた。

「加右衛門さん、この印籠と根付だがね、いくらに踏んでくれますか」

と風呂敷に包んできたふたつの印籠と三つの根付を並べた。

ちらりと品を見た加右衛門が小声で、

「浅田屋さん、厄介なことになったね」

と囁いた。

すでに引手茶屋浅田屋の店仕舞いは廓じゅうに知れ渡っているのだ。

逸蔵は、会所に願って奉公先を見つけてもらった経緯もあり、噂が広がるのは致し方ないと思った。

その間に番頭の加右衛門が丁寧に天眼鏡を使い、印籠と根付の細工や傷を調べた。眼差しが逸蔵に戻された。

「これでいくら欲しいんですね。事情が事情です、あと始末のための費えならば、精一杯つけますよ」

「二十五両」

と逸蔵は答え、注文をつけた。

「ただし、この質入れは内緒にしてくれませんか」

「いいでしょう。ただし二十五両は無理かと思いますがな」

加右衛門が逸蔵の弱みにつけ込むように言った。

揚屋町の質屋長楽庵は、昔五十間道で蕎麦屋を営(いとな)んだことがあるとか、それで屋号の長楽庵を廓内に商い替えしても使い続けていた。その後、四代続く吉原の老舗の質屋だ。堅い値踏みで廓内では知られていた。その代わり、

「長楽庵ならば家屋敷だって質草として受ける」

と冗談みたいな話もあった。つまり品次第ではいくらでも質入れを受けるというのだ。

「加右衛門さん、いくらだね」

「逸蔵さん、浅田屋さんが廓を出ていかれるのはいつですね」

「三日後に明け渡しですよ」

「そりゃ、大変だ」

と応じた加右衛門が、

「十六両と二分までつけますよ」

と言った。

逸蔵はどうしたものかと迷った。

印籠ふたつで二十両は踏めると思って選んだ品だった。

ふうっ
と思わず吐息を漏らした逸蔵を恰幅のよい客が見て、

「その品、二十五両ならば安いものだ。いや、三十両でも然るべき骨董屋なら買い取りましょうな」

と言い出した。

「お客人、他人の商売の邪魔をしてはいけませんよ」

その客の相手をしていた二番番頭の敬蔵が、険しい声で諫めた。だが、その客が一瞬見せた尖った眼光には敵わなかった。敬蔵も黙り込んだほどの眼差しだった。その険しい表情を消した客が、

「ここで質入れするのは諦めた」

と呟くように言い、逸蔵を見て、

「明日まで辛抱することですね。三十両ならば必ず買う店がございますよ。なんなら私の店に訪ねてきなされ」

と言い残すと恰幅がよいわりには身軽な動きで長楽庵を出ていった。

「なんですね、あの客」

と敬蔵が言い放った。

しばしその場に間の悪い時が流れた。

「加右衛門さん、なんだか気勢が削がれたよ。明日また伺います」

逸蔵が言うと、檜の長い台に置いた印籠と根付を風呂敷に包み直した。その作業を黙って加右衛門と敬蔵が見ていた。

逸蔵が蜘蛛道から揚屋町に出ると、木戸門のところに最前の客が雨を避ける体で立っていた。

「質入れしなさったか」

「いえ、本日はやめました」

「少し話しませんか」

客が逸蔵を水道尻のほうへと誘うように歩き出した。貫禄と挙動に圧された逸蔵はそのあとに従った。

「おまえさんの妓楼、潰れましたか」

「妓楼じゃありませんよ。引手茶屋ですよ」

ふたりがぶらりぶらりと歩く様子を番太の新之助が見ていた。

四

五つ半前に汀女は傘を差して柘榴の家に戻ってきて、麻やおあき、黒介や地蔵に迎えられた。

「姉上、雨に濡れましたか」

と麻が声をかけ、おあきが手拭いを汀女に渡した。

「このところ雨が降らず、江戸じゅうがぱさぱさに乾いておりました。しっとりと降る師走の雨も悪くありません」

手拭いで肩を拭った汀女に麻が言葉をかけた。

「幹どのから今晩は会所に泊まるとの使いがありました」

汀女はしばし間を置き、

「なにか吉原に異変が起こりましたか」

と呟いた。

玄関先で履物といっしょに雨に濡れた足袋(たび)を脱いだ汀女は、着替えのために居間に向かった。従ったのは麻と地蔵だった。

地蔵はもはや家の者が何人か承知のようで、汀女が帰ってきたのが嬉しくてしようがないのだ。汀女の足元に纏わりついて歓びを全身で表わしていた。

「桜季さんは高尾様の花魁道中に振袖新造として加わっていたそうです」

麻が会所の使いからもたらされた話を汀女に告げた。

「それはようございました」

と応じた汀女は、幹次郎がこの前会所に泊まったのはいつのことだったか、思い出そうとしたが思い出せなかった。

「姉上、幹どのはこのところなにか思い悩んでおられませんか」

着替えを手伝いながら麻が尋ねた。

「たしかになんぞ胸に秘めておるようです。ですが、私どもに告げ切れないようですね」

「伊勢亀のご隠居の墓参をどうしようかと迷っているのでしょうか」

「麻、それはありますまい」

と汀女が言下に否定した。

「では、なんでございましょう」

「それは私にも答えられません。幹どのが私と麻に話してくれるのを待つしかございますまい」

麻が汀女の脱いだ綱に梅模様の小袖を衣紋掛けに吊るし、乾いた手拭いで拭いた。家着に替えた汀女が、

「このご時世です。なにが吉原に降りかかっても不思議ではございません」

と応じ、

「吉原通のお客様から聞かされたことです。とうとう仲之町の引手茶屋浅田屋が店仕舞いに追い込まれたそうです」

「えっ」

と麻が驚きの声を漏らし、

「幹どのが私に見番芸者の佐八さんと助六さんのことを尋ねましたが、その一件に絡んでいたのが浅田屋だったのでしょうか」

おそらくは、と汀女が応じて足袋を履いた。

「幹どのの会所泊まりは浅田屋の店仕舞いと関わることでしょうね」

麻の問いに汀女は首を傾げた。

「このところ幹どのの周りには次から次へと騒ぎが降りかかっております。幹どのはもはや若くはございません」

と危惧の言葉を汀女が口にした。

汀女と麻に従い、地蔵が囲炉裏端に向かった。すると玄関に立ったおあきが、

「門の閂をかけてきました」

とふたりに報告した。

「今宵は女三人で夕餉を摂りましょうか」

と汀女が言い、

「姉上、お酒はどうなされますか」

と麻が尋ね返した。

「主どのの留守に女ばかりで雨音を聞きながら酒を頂戴するのも風流でしょう。おあき、温めの燗でお願いします」

と汀女が言うと麻が、

「こちらに参ってお酒の味を覚えました。囲炉裏端でいただく酒は美味しゅうございます。幹どのは酒どころではございますまいね」

「まずは無理でしょうね」

と汀女が応じて女三人の夕餉が始まった。

その刻限、幹次郎と澄乃は吉原会所の前に戻りついていた。幹次郎も三浦屋で借りた番傘を差していた。

雨は激しくはないが本降りになっていた。

ために客は駕籠で駆けつける上客のみで素見の姿はなかった。

「寂しゅうございますね」

と澄乃が大門辺りに人影がないのを見て思わず漏らし、

「かような言葉は景気商いの廓では禁句でしたね」

と急いで言い添えた。

ふたりは山屋から三浦屋に回り、初音の言葉を遣手のおかねに伝えた。おかねが早速、帳場の四郎左衛門と女将にその言葉を告げに行った。そして、直ぐに戻ってきて、旦那が幹次郎と話したいそうだと伝えた。

幹次郎はひとり帳場に通った。

「本降りになりましたか」

「どうやら明日まで残りそうな雨の降り方にございます」

手にしていた津田助直を傍らに置きながら、長火鉢を挟んで幹次郎は座った。

「浅田屋の一件、無事決着がつきそうですかな」

「今のところ大女将のお素さんも当代の東左衛門さんも、五丁町の名主方の決定に従うようです。三日で老舗を畳むとなるとただ今も店じゅう天手古舞でございましょう」

「致し方ございません。吉原の定法に触れたのでございますからな。見番の小吉さんが最前うちに見えて、佐八と助六の行いを見逃したは私の気の緩みゆえ、どのような処分もお受けしますと言っていかれました。会所の四郎兵衛さんに詫びに行った帰りに立ち寄られたのです」

幹次郎と澄乃が夜廻りに行っている間に、小吉は会所と五丁町の総名主の三浦屋を訪ねたのだろう。

「幇間芸者で二百人近くもいるのです。かように不届き者が出てきても不思議はございません。まあ、客が吉原の長年の馴染の隠居ふたりとのこと、見番はお叱り程度で終わりましょうな」

四郎左衛門が言った。そして、

「浅田屋の店仕舞いですがな、妓楼や引手茶屋を畳む折り、三ノ輪のなんでも屋に声をかければ、家具から夜具まですべて買い取りますよ、まあ二束三文ですがな。自分たちの手を煩わさずに済みます」

と語を継いだ。なんでも始末する商いがあることを幹次郎も承知していた。すると四郎左衛門が話柄を変えた。

「神守様、ご改革がいつまで続くか分かりませんが、緊縮節約の掛け声をお上がいつまでも叫び続けられますと、私どもの口は干上がります。ということは、浅田屋のような引手茶屋が新たに廓に出てくることも考えられます」

幹次郎は黙って首肯した。

「神守様、過日の話、腹を固められましたかな」

「いえ、未だ迷っております」

「そなた様の迷いも分からないわけじゃございませんが、私からもお願い申しますぞ」

幹次郎は返答を避けて頭を下げた。

吉原会所では、山屋から先に戻っていた遠助が、土間に置かれた大火鉢の傍らで寝ていた。

「神守様よ、四郎兵衛様がお待ちですぜ」

番方の仙右衛門が意味ありげな顔で幹次郎に言い、三浦屋から借り受けてきた傘を澄乃が幹次郎から受け取った。手拭いで着流しの裾を拭った幹次郎に、

「七代目は浅田屋の番頭の逸蔵さんと話しておられる」

と仙右衛門が告げた。

うむ、と番方の顔を見たが、

「おりゃ、用件を知りません」

と言ったので奥へ通った。

「神守です」

障子が閉められた座敷に声をかけた幹次郎は、自ら障子を引いて敷居を跨いだ。

浅田屋の番頭の逸蔵が憮然とした顔つきで背を丸めて座っていた。一晩でいくつも年を取ったかに、幹次郎には感じられた。

四郎兵衛もすでに逸蔵から話は聞いた様子で、火が点いていない煙管を手で弄んでいた。四郎兵衛が思案するときの癖だ。

幹次郎は四郎兵衛と逸蔵の間に座した。

「どうなされました、番頭さん」

幹次郎の問いに逸蔵は、
ふっ
と吐息で答え、

「あの親子、なかなか抜け目がございませんぞ」

と言った。

「どういう意味ですな」

「大女将さんと若旦那のふたりは、わっしら奉公人を置いてさっさと吉原から逃げ出したのでございますよ。わっしが一刻半（三時間）ばかり御用で茶屋を空けた隙にね」

「どういうことです、逸蔵さん」

「難破する船を見捨てて、ふたりだけ伝馬舟（てんまぶね）に乗ったということですよ」

逸蔵が腹立たしげに言い放った。

「浅田屋さんはどこか廓の外に家を持っておられましたか」

「わっしは知りません。ですが、若旦那に女がいることは薄々感じておりました。おそらくはその辺に逃げ込んだのではございませんか」

「すべてやりっ放しにしてですか」

「家財道具は三ノ輪のなんでも屋に売り払ったとか、金目になりそうなものにはぺたぺたと貼り紙がしてございました」

「えらく早手廻しですな、驚きました」

そう逸蔵に続いて驚きを見せた四郎兵衛を幹次郎は見た。

「浅田屋には、十二の岩五郎が食いついておりました。あの親子、かようなことがあろうかと、密かに隠れ家を設けておったかもしれませんな」

四郎兵衛の見解だった。

「ふたりに隠し財産でもございましたか」

「どうですね、逸蔵さん」

四郎兵衛が逸蔵に話せと命じた。

「先々代から先代と印籠と根付を集めておりまして、浅田屋には印籠が三十ほどと根付が百以上はあったはずです。これらのことまでも金貸しの十二の岩五郎が承知しているとは思えません。あの親子、こんどの一件が表沙汰になったとき、直ぐにこいつだけはと廓の外に持ち出したか、あるいは以前から隠れ家に移していたか、どっちかでございましょうな」

逸蔵は自分がふたつの印籠と三つの根付を質屋の長楽庵に値踏みさせたことを伏せて四郎兵衛と幹次郎に告げた。

たしかに早手回しの行動だった。

「どうするつもりですか、逸蔵さん」

「どうするもこうするもあったもんじゃございませんよ。明日からなんでも屋が入り、家財道具を運び出すというんでな、奉公人はこちらでお世話いただいた引手茶屋や妓楼に私物を持って明日にも引っ越させます。私はなにかあってもいけませんので、会所が猶予してくれる三日間は浅田屋に泊まり込み、その後、こちらで紹介のあった五十間道の引手茶屋春田屋に移ります」

と言った。

「逸蔵さん、そう願えますか」

四郎兵衛が逸蔵に頼むと、逸蔵が辞去するために立ち上がりながら、

「七代目、老舗の引手茶屋も潰れるときはひと晩ですな」

と言い残して座敷から消えた。

「どう思われますな、神守様」

「浅田屋親子のことですか。それとも逸蔵さんの話ですか」

「差し当たって親子の動きは置いて逸蔵の話です」

「七代目、どこか怪しげですかな」

「逸蔵、えらく殊勝ですな。そんな気がしたものですから神守様にお訊きしました」

「なんぞ二心(ふたごころ)あれば尻尾を出しましょう」

幹次郎の返事に頷いた四郎兵衛が、

「私はね、このご時世だ、次々に茶屋くずれが起こるのが心配でね」

と言った。

茶屋くずれという言葉を幹次郎は初めて聞いた。廓内の引手茶屋が次々に連鎖倒産することを、四郎兵衛はこんな言葉で表現したのかと幹次郎は推量した。

「こうなると、十二の岩五郎の手にある浅田屋の沽券をなんとかせねばなりません」

と四郎兵衛は話柄を浅田屋の沽券に移した。

「明朝、桑平同心に会い、この一件で相談してみます。法外な利を取る金貸しです。必ずやひとつやふたつ、触れに反することを奉行所も摑んでおりましょう。十二の岩五郎と会うのは、こちらの調べが終わってからにしてようございますか」

と幹次郎は願った。

「神守様は今晩会所に泊まると聞きましたが、赤城の十右衛門一味の動きが気になりますかな」

「吉祥天の助五郎とちょろ松のふたりの口を塞いだ非情の背後には、なにかあるような気がしてなりませぬ。掏摸のふたり組が最後にいたのはこの吉原でございますでな。押込みがあると思っておいたほうがようございましょう」

幹次郎は四郎兵衛の前から会所へと戻った。

「逸蔵さんの話はなんだったえ」

「浅田屋の親子はさっさと仲之町を引き払ったらしい」

「やはりそうか。三ノ輪のなんでも屋の草次郎が浅田屋に入っていったから、大方そんなことではないかと思っていた」

「浅田屋親子は家財道具一式をやはり売り払ったかな」

「ああ、草次郎に訊くと、急に江戸を離れることになったから、茶屋の建物の他はすべて一切合切買い取ってくれと言ったそうだ」

「なんでも屋の草次郎は見もせず請け合ったのか」

「ふた月も前、東左衛門から相談があって、客の形をしておよその下見は済ませていたそうだ」

「手際がよ過ぎるな」

「十二の岩五郎の正体を知ったときから親子は自分たちなりに逃げる算段をして

いたんだろうな。このことは岩五郎も知るまい」

「で、浅田屋の家財道具合切はいくらで売り払ったんだ」

「旦那、いくらだと思う」

と幹次郎に仙右衛門が尋ねた。

印籠と根付は当然省いた値だろう。それにしても老舗の引手茶屋の家財道具だ、それなりの値はするかと考えた。

「五十両ということはあるまい。百両かな」

「神守の旦那はなんでも屋や金貸しにはなれそうにないな。十二両二分一朱だ」

「なんだと。真にその値か」

「ああ、足元を見られての商いだ。その代わり即金で払われた」

「浅田屋親子がどこへ雲隠れしたか分からぬか」

「知らぬそうだ」

「番方、そのこと四郎兵衛様に知らせてくれぬか。それがし、もう一度夜廻りに行ってこよう」

「今晩は会所に泊まり込みだろう。そう無理することもあるまい」

「それがしの好きにさせてくれぬか」

と応じた幹次郎に澄乃が、従いますかと目顔で訊いた。

「澄乃、今晩は長屋に戻りなされ。それがしの勘ではかようなことが幾晩も続きそうな気がする。交代で泊まり込もう」

と言うと、澄乃が番方を見た。

「神守の旦那が言い出したら、なにを言っても耳を貸すまいぜ。雨も降っていることだ、今晩は長屋に戻りねえ」

と番方も賛意を示し、幹次郎と澄乃は会所の前で左右に別れた。

幹次郎は、一日にして活気を失った引手茶屋の前に立った。若い男衆が悄然(しょうぜん)とした姿で仲之町に降る雨を見詰めていた。

「逸蔵さんはいなさるか」

「会所から戻ったあと、五十間道の引手茶屋に行かれましたぜ」

「かような刻限にか」

「この茶屋にいてもしようがないや。明日から移らせてくれとでも掛け合いに行ったんじゃないか」

と若い衆が推量を交えて言った。

四郎兵衛は坪庭に咲く山茶花の帰り花が雨に打たれて散りかけているのを眺めていた。ふと脳裡(のうり)に、

「茶屋くずれ　師走の雨に　残り花」

と俳諧(はいかい)めいた言葉が浮かんだ。

第五章　跡継ぎ

一

幹次郎が会所に泊まった夜はなにごともなかった。

翌日、幹次郎は桑平市松といつもの茶屋で会っていた。

「神守どの、村崎の旦那は謹慎のままだぜ。吉原会所が裏から手を回しているのかえ」

「残念だがそんな余裕はない」

幹次郎は昨日桑平と別れたあとの、浅田屋を巡る騒ぎの経緯をすべて告げた。

「なんと不忍池裏の水茶屋は浅田屋の沽券を担保に十二の岩五郎から借りたか、自分からどつぼに嵌(はま)り込みに行きやがったな」

「浅田屋親子もなかなかのタマだ。先代、先々代と収集していた印籠と根付があることを十二にも奉公人にも知られないようにしていた。ところが番頭の逸蔵は、先代の供で骨董屋めぐりをしていたので、承知だったんだ。そのことをタネに親子を脅したのではないかね、逸蔵に御用を命じた隙に、親子は、浅田屋から早々に逃げ出してしまった」

「魂消たな」

「このご時世だ、なにが起こっても不思議ではあるまい」

「で、このわしになんぞ頼みか」

「吉原としては、十二の岩五郎が所持する吉原の老舗引手茶屋の沽券を回収したいのだ」

「回収ね、銭で買い取るならば吹っかけられるぜ」

「だから、こうして頼んでおる」

「十二の岩五郎ね、縄張り内ではないが朋輩に問えば一つやふたつ、危ないネタを承知していよう。相談してみよう」

「こいつは七代目からの預かりものだ。そなたの朋輩に渡してくれぬか」

「事が成るなんて証しはないのに包金(つつみきん)を渡せといわれるか」

「後払いより前払いが安くつくこともあろう」

しばし考えた桑平市松が黙って頷き、包金二十五両を懐に入れた。

桑平と別れた幹次郎は浅草寺にお参りして、なんとか赤城の十右衛門一味の押込み強盗の一件が解決し、十二の岩五郎の手にある沽券を取り戻せるようにと願った。

吉原への帰路、柘榴の家へ立ち寄った。

汀女はすでに料理茶屋山口巴屋に出勤していたが、麻はいた。

黒介と地蔵を伴い玄関に出てきた麻は、

「なにやら吉原は大変な様子ですね」

と幹次郎の疲れた顔を見た。

「このご時世じゃ、吉原にあれこれと重なって難儀が降りかかっておる」

「引手茶屋浅田屋さんはどうなりました」

「決まりに反した芸者の佐八と助六の異母姉妹は、吉原の見番から追放されたと昨夜のうちに頭取の小吉さんが七代目に報告に来られた。その折り、小吉さんも身を退くと申されたが、四郎兵衛様が引き止められた。二百人からいる幇間芸者の悪さのたびに頭取が一々辞めていたのではどうにもなるまい。なにより引手茶屋が承知でやっていたのだ。小吉さんが芸者の転んだことを知るすべがないでな」

と幹次郎が告げた。

「少し休んでいかれますか」

「そうもしておられぬ。麻、すまぬが着替えをして吉原に戻りたい」

幹次郎は四郎兵衛と引手茶屋山口巴屋の朝湯に入り、新しい下着に取り替えていた。だが、羽織と小袖は昨日のままだ。

麻の手伝いで着替えた幹次郎が囲炉裏端に行くと、湯を沸かしていたおあきが言った。

「髭が伸びておられます」

「そうか。吉原へ参る途中で髪結床にて髭をあたっていこう」

と応じた幹次郎は、囲炉裏端で茶を一杯喫した。

「幹どの、伊勢亀のご隠居の墓参は無理をすることもありません。来春に延ばしてもようございます」

と言った。

「いや、今年じゅうに気持ちを定めておきたいこともあるでな、なんとか暇を作りたい」

と答えた幹次郎は、

「浅田屋親子はさっさと吉原を逃げ出した」

と最前言い忘れていたお素と東左衛門親子の行状を告げた。

「呆れました。浅田屋の大女将と若旦那はさように自分勝手なお方でしたか」

「すべてをご改革のせいにするわけではないが、七代目は浅田屋のような引手茶屋が次々に出るのではないかと、茶屋くずれを案じておられる」

「引手茶屋は上客様の財布をすべて預かるところ、信頼がなければ商いは成り立ちません。浅田屋の一件が吉原じゅうに知れ渡ったら、四郎兵衛様の危惧なさる茶屋くずれが起こっても不思議ではありますまい」

と言った。

「麻、そなたは客に恵まれた。伊勢亀のご隠居のような粋なお方がおられたのを忘れてはなるまい」

はい、と答えた麻が、

「伊勢亀のご隠居はよう人物を見ておいででした。私の身の始末を幹どのにお預けいただいたから、麻の今の幸せがございます」

うん、と頷いた幹次郎は、

「いささか慌ただしいが吉原に戻る」

と津田近江守助直を手に囲炉裏端の温もりへの未練を断って立ち上がった。

幹次郎は衣紋坂にある柳床に立ち寄り、髭をあたって髷を結い直してもらうことにした。

「神守様がうちに来られるなんて珍しいですな」

と柳床の柳三郎親方が言った。

刻限も刻限だ、床屋には客はおらず親方だけだった。

「廓内がばたばたと忙しいでな、つい無精髭を剃る暇もなかったのだ」

手際よく髭をあたってくれて髷にかかった親方が、

「聞きました」

と言った。

幹次郎はすでに浅田屋の一件が廓の外に漏れたな、と思った。

「なんでも廓内でしくじった掏摸が殺されたって話じゃございませんか」

親方の聞きましたは別件だった。

「そうなのだ。吉祥天の助五郎とちょろ松というケチな掏摸が、だれぞに殺されて首尾ノ松近くの中洲に捨てられていたのが見つかった」

「妙な噂が流れてますぜ」

「ほう、どのような噂だな」

「床屋の噂話なんぞは当てにはなりませんがね」

それでも聞きますか、と幹次郎に質した。

「聞かせてもらおう」

「あやつら、羅生門河岸か小見世の女郎に馴染があったんじゃねえかって話でしてね、ひと月に一度くらいは大門を潜っていたそうです。だが、こたびのように廓内で掏摸をやったのは初めてですよね。その辺にね、曰くがありそうだとうちの客が言うんですがね」

「そうか、あのふたり、吉原には馴染があったか。曰くとはなんであろうな」

「助五郎って兄貴分のほうは、馴染の女郎から年の瀬に『仕舞い』をつけてくれたら、正月初めの客にするとかなんとか言われてその気になり、急ぎ仕事を廓内でやっちまったんじゃねえかというんですよ」

「その客は吉原通かな」

「吉原通たって馴染の廓に始終登楼できるような男じゃありません。素見(ひやかし)の常連ですよ」

「助五郎の馴染の女郎の名は分からぬか」

親方は髷を直し終わって、知らないと首を振った。そして、

「あやつなら小見世か局見世の女郎が似合いだ」

と言い添えた。


昼見世の最中の大門を潜ると、面番所に若い見習い同心がいた。二十歳(はたち)前後か、世間の道理を知らない生意気盛りの見習い同心と幹次郎はみた。

「村崎どのの代わりですかな」

「そのほうはなんだ」

と権柄(けんぺい)ずくに質した。

「これは失礼を致した。それがし、吉原会所の雇われ人でござる」

しばし間を置いた若い見習い同心が言い放った。

「神守なる裏同心か」

「同心は面番所におられましょう。会所に裏同心などという役職はございませんでな」

「用心棒というか」

「まあ、そのようにお考えになっても構いません」

その問答を金次らが聞いていた。

「村崎どのはもはや面番所に戻ってこぬ。あのような生ぬるいやり方ではもはや通用せんでな」

と言い切った。

「と申されますと、そなたが村崎季光同心に代わる面番所隠密廻り同心どのにござるか」

首肯する相手に姓名を質した。

「南町奉行所隠密廻り同心藤原等八郎（ふじわらとうはちろう）じゃ」

「藤原どのでござるか、よしなにお付き合いのほどを願います」

「われら、そのほうらに頼ることはない。以後、これまでのようにいかぬと心得よ」

と言い放った藤原に一揖すると幹次郎は伏見町へ足を向けた。

そんな幹次郎を藤原も金次らも黙って見送っていた。

伏見町の入り口に引手茶屋の揚羽屋（あげはや）があった。そこの男衆が読売を手に、

「神守様、浅田屋が潰れたってね」

と声をかけてきたが、幹次郎は頷いただけで通り過ぎた。

門松屋壱之助の読売が浅田屋の茶屋仕舞いをいち早く報じたのだろう。

幹次郎は羅生門河岸の局見世を総当たりして、吉祥天の助五郎が馴染だった女郎のお仙に行き当たった。

「神守の旦那、助五郎さんは死んだって聞いたけど」

局見世女郎にしては二十一、二と若かった。

「そなたを身請けすると助五郎は約定したか」

「なんでも近々大金が入るからって、そんな言葉を並べていたよ。だけど客の言葉なんて百にひとつもほんとうの話はないよ」

と上州訛りでお仙が言った。

「大金が入ると言ったか。どこから大金が入るのかのう」

「半人前の掏摸だよ、当てになるもんか」

と蓮っ葉な言葉で言い放った。

「そなた、吉祥天の助五郎が掏摸と承知していたか」

「掏摸だろうがなんだろうが金を持ってくるならば客だからね」

とお仙が言い切った。

「そういうことだが、掏摸だからといって乱暴されて刺殺されていいわけもなかろう」

「会所の旦那は助五郎さんを殺した野郎を捕まえて仇を討つつもりかね」

「いや、そやつらのことが気になってな」

ふーん、と鼻で返事をしたお仙がしばし沈黙し、

「旦那は、初音姐さんを三浦屋の奉公人に鞍替えさせたってね」

と質した。

廓内に噂が走るのはあっという間だ。

「こちらも初音改めいつさんに頼みごとをしたでな」

「三浦屋の振新を西河岸の初音姐さんのところに同居させた一件だね。こんな泥水のふきだまりから三浦屋の振新に戻したってね。旦那のやることは分からないよ。ついでにわちきも廓の外に連れ出してくれないかね、だれかさんのように」

と言った。だれかさんとは薄墨太夫を名乗っていた加門麻のことだろう。

「助五郎さんにはそんな力はなかったからね。掏り取った財布を質に入れて喜んでいる程度のタマだもの」

幹次郎がお仙に質しても、これ以上なにも出てこなかった。

羅生門河岸を九郎助稲荷に向かい拝礼した幹次郎が水道尻に出ると、番小屋の煤払いを火の番の新之助がしていた。

「ご苦労だな」

「番太なんて手を抜こうと思えばいくらでも抜けますからね、体を動かしていたほうが時の経つのが早いんですよ」

「たしかだな」

「神守の旦那もじいっとしていることがなさそうだ」

「貧乏下士の長屋育ちのせいかな」

と自嘲する幹次郎に、

「浅田屋はとうとう潰れたってね」

「とうとうとは、そなた佐八と助六の芸人姉妹が引手茶屋で客と寝ていたのを承知していたか」

「知っていたら神守様に耳打ちしますよ。だが、噂程度では言えませんや」

「律儀だな、こちらに下駄を預けてもよさそうなものを」

「気性でしょうね」

と言った新之助が、

「ちょいと気になることがございますんで。こいつはおれが見たことだからたしかだ」

と言い添えて幹次郎の反応を見た。


一刻半後、幹次郎は四郎兵衛と対面していた。

表の仲之町に清掻の調べが流れてすでに夜見世が始まっていた。

幹次郎の長い話が終わったとき、四郎兵衛がふーっ、と長い息を吐いた。

「逸蔵、なんと質屋の長楽庵に印籠と根付を持ち込んで値踏みをさせておりましたか。主親子が狸ならば番頭は狐ですな。私どもが気づかないと高を括っておりましたかな」

四郎兵衛の言葉に幹次郎は頷いた。

「もう一度逸蔵を会所へ呼んで締め上げますか」

「七代目、それは急ぐことはありますまい」

「おや、なぜですな」

幹次郎の言葉に四郎兵衛が疑問を呈した。

「それがし、長楽庵にいた客が気になりますので。人を射すくめるような尖った眼差しの主と、客を見る目がたしかな質屋の番頭が言うておりました。四郎兵衛様、長楽庵は吉原の質屋の中でも老舗と聞いておりますが内証はどうですか」

「なに、長楽庵の懐具合ですか。そうですな、他人様の内証は推量でしか計れませんが、手堅くて地道な商いです。その一方で品さえたしかなら、いくらでも貸すとの評判もございます。店の地下蔵に千両箱が五つ、六つあったとしても驚きませんな」

と説明した四郎兵衛が、

「この話は浅田屋の一件ではございませんので」

「浅田屋の番頭逸蔵に話を持ちかけた男が気になりましてな、逸蔵が長楽庵から出てきたのを大柄の旦那風の男が待ち受けていて、そのあと廓内をそぞろ歩きしながら話をしていたそうです。火の番の新之助は、茶屋仕舞いを余儀なくされた番頭と恰幅のよい男が親密に話す様子を訝しく感じたと言っておりました」

四郎兵衛が長い間、沈思した。

「神守様は、赤城の十右衛門がその体格のよい旦那風の男と言われますか」

「その男、凝りに凝った煙草入れを長楽庵に持ち込んで値踏みさせております。

されど、その煙草入れで金子を借りたわけではない。長楽庵を下見に来たとは思われませんか。そこへ偶さか逸蔵が印籠と根付を持ち込んだ。切迫している様子に、先客が関心を寄せた」

「つまり先客は吉原での押込み強盗の際、逸蔵を利用しようとしているのではないかと申されますか」

「はい。ふたりがどれほどまで話し合ったか知りませんが、逸蔵しかいない浅田屋を押込み強盗の拠点に使おうと考えたとしたらどうでしょう」

「逸蔵は、浅田屋が不意に潰れて金子に困っている様子だった。その様子を旦那風の男が察して逸蔵から話を聞き出したというわけですか」

「はい」

「となると、赤城の十右衛門一味の狙いは吉原の妓楼や引手茶屋ではない。長楽庵という老舗の質屋ですかな」

「赤城の十右衛門の手下になり、結局は始末された吉祥天の助五郎も、半年以上も前から長楽庵に出入りして掏り取った財布などを質草にしております。すべて長楽庵で結びつきませせぬか」

幹次郎の言葉に四郎兵衛がしばし沈黙したあと、頷いた。

「ただ今の推察が当たっているかどうか、逸蔵の動きを見ていれば分かりましょう」

二

その夜のうちに揚屋町の質屋長楽庵と仲之町の浅田屋に、吉原会所の面々が二手に分かれ、なにが起こってもよいように見張所を置いた。それぞれの隣の妓楼岩城楼と引手茶屋の一室を借り受けて設けたのだ。

一方、幹次郎は八丁堀の役宅に桑平市松を訪ね、急変した経緯を報告した。

「なんと赤城の十右衛門は廓内の質屋に目をつけておったか。われらが町屋を探してても当たりがないはずだ」

と嘆息した桑平は、

「神守どの、浅田屋に入る前に一味を捕えようという算段か」

「こたびの一件、未だはっきりせぬことも多い。また一味の塒（ねぐら）もわれらは知らぬ。赤城の十右衛門ではないかと推量した旦那風の男に接したのは、長楽庵の番頭ふたりと浅田屋の逸蔵のみ、そして火の番の新之助がちらりと見ておるだけだ。

三人のうちで手助けしてくれそうなのは、火の番の新之助だけだ。会所としては廓内に一味を入れて、一網打尽にしたいのだ」

「いくら不景気とはいえ、泊まり客は吉原にそれなりにいよう。客に怪我なんぞはさせたくあるまい」

「それだけは避けねばならぬ」

しばし考えた桑平が幹次郎の顔を正視して尋ねた。

「わしの役目はなんだな」

「押込み強盗どもが逃げ出してくるやもしれぬ。大門前に控えておられて、そやつらを捕縛していただきたい」

「廓内は会所の力で一味に抗するというか。これまでの一味の所業を見ておると、残酷非情にして、剣術遣いが何人か加わっていよう」

「ゆえに面番所の隠密廻りの手を借り受ける」

「なに、会所としたことが珍しいな。ならばそれがしの助勢など要るまい」

「それが、桑平どののなくしてどうにもならぬのだ」

「どういうことだ」

ふたりの話し合いは長時間にわたった。

幹次郎は八丁堀に待たせていた政吉船頭の猪牙舟に飛び乗り、急ぎ吉原へと戻った。

その折り、連れがひとりいた。

面体を頭巾で隠した面番所隠密廻り同心村崎季光だった。吉原会所の御用に通じている政吉は、謹慎中の村崎同心を見てもなにも言わなかった。一方、村崎も日ごろに似合わず緊張しているせいか、無言を通していた。

吉原会所にしても危ない綱渡りだった。

ふたりが大門を潜ったとき、四つ半（午後十一時）の頃合いだった。

今晩も会所に泊まりじゃな、と思いながら大門に立っていた小頭の長吉に、

「異変はござらぬか」

と小声で訊いた。

長吉の驚きの眼差しが面体を隠した村崎同心に向けられたが、

「どうしたな、長吉どの」

との幹次郎の言葉に、

「いや、なんでもございませんや。今のところ異変はございません」

と応じた。

「こちらへ」

吉原会所の敷居は跨がず榎本稲荷に向かった。西河岸を抜けて蜘蛛道に潜り込んだふたりは、揚屋町の半籬岩城楼の見張所に入った。質屋長楽庵の蜘蛛道に面した入り口が見下ろせる納戸部屋に、番方の仙右衛門ら三人が詰めていた。

村崎同心を認めた番方が、

「うっ」

と言葉にならない音を発した。

「どういうことだ、神守の旦那よ」

と頭巾を外した村崎同心の顔に釘づけになりながら、固い顔で幹次郎に詰問した。

「すまぬが若い衆は席を外してくれぬか」

と幹次郎が願い、仙右衛門が若いふたりに納戸部屋から出るように命じた。

「村崎同心どのが、なんとしても吉祥天の助五郎とちょろ松の身柄を強奪されたしくじりを取り戻したいと申されるのでな、こたびの赤城の十右衛門ら押込み強盗を捕縛する会所の企てに助勢してもらうことを考え、かようにお越しいただいた」

「神守様よ、この企て、四郎兵衛様はご存じでしょうな。南町奉行所の謹慎中の同心を会所が誘ってよ、この捕物に加えてしくじったとなると、吉原会所は大火傷ですぜ」

と低い声が怒りを含んでいた。

「むろん七代目には了解を得てある」

仙右衛門に返事をした幹次郎は語を継いだ。

「七代目の了解を得ていようとなにをしていようと、しくじれば吉原会所は大火傷どころでは済むまい。故になんとしても赤城の十右衛門一味を廓内で捕まえねばならぬ。村崎同心の力を願ってな」

仙右衛門が村崎同心を睨みつけながら漏らした。

「おれたちはどう考えればよいのですかえ、神守様よ」

「番方、村崎同心は掏摸のふたりを捕まえ、下調べをした折りに、赤城の十右衛門一味が吉原のさるところに目星をつけたことを摑んだのだ。その段階で吉原会所と相談し、助五郎とちょろ松を一味の手に戻して泳がせることにした」

幹次郎は、村崎同心を赤城の十右衛門一味捕縛に関わらせるために、掏摸ふたりを強奪された一件を元にした「作り話」を番方に告げた。

　仙右衛門は黙って聞き、先を促した。

「ただ、村崎同心とわれら吉原会所が甘くみたのは、赤城の十右衛門の非情さだ。吉原会所や町奉行所に挑戦するかのように、ふたりを早々に始末してしまった。こうなれば、村崎同心の手を借り受けて、廓内に網を張るしか策はない、と七代目は考えられた。一方、村崎同心どのは身を賭して仕事がしたいと四郎兵衛様に相談されて、かような背水の陣での捕物になったのだ」

　幹次郎の説明に、仙右衛門が得心していないのは顔つきで分かった。だが、当人を前にしてのことだ、しばらく無言で考えていたが、

「神守様、おまえ様の知恵ですな。しくじったら村崎の旦那はもちろん、おまえ様の会所勤めは無理だぜ」

「覚悟のことだ」

「そこまでして危ない橋を渡ろうというのには、なんぞ隠された曰くがあるのですか」

「番方、このご時世だ。師走だというのに吉原に客が少ない。なんとしても世間の男衆の目を吉原に向けさせることもあってのことだ、花火を打ち上げたいと考

えた」

「それもこれも、この捕物がうまくいった折りの話でしょう」

「重々分かっておる。それがしも村崎同心も腹を括ってのことだ」

幹次郎の説明に仙右衛門は、首を横に振って納得していないと告げた。

「長楽庵に赤城の十右衛門が目をつけたというのはたしかなんですかな」

「推量にしか過ぎぬ。番方、勝負は今晩と明晩だ。このふた晩に赤城の十右衛門が姿を見せぬとなると、企ては失敗したということだ」

「神守様よ、おまえ様の企ては、わっしの考えを超えてこれまでうまくいってきました。だがな、こたびもうまくいくとは限りませんぜ」

「番方、これまでの付き合いに免じてふた晩だけ日にちを貸してくれぬか」

と幹次郎が頭を下げた。なんと村崎同心も幹次郎を見倣い、

「仙右衛門、ふた晩だけ時を貸してくれ」

と願った。

「八丁堀の役宅で謹慎中の身柄が廓内で張り込んでいたなんて南町に分かったらよ、村崎の旦那、おまえ様、無役に落とされるくらいでは済むめえよ」

仙右衛門が村崎同心にも怒りの矛先を向けた。

「分かっておる。八丁堀から叩き出されるのは覚悟の上だ」

と珍しく潔い言葉を吐いた。

「日ごろのおまえさんとも思えない言葉だな」

「番方」

と呼んだ幹次郎が、

「七代目が南町奉行池田筑後守長恵様の内与力蒲田三喜三郎様に内々にこの話を伝えてあるのだ。掏摸ふたりを取り逃がしたのは赤城の十右衛門一味を一網打尽にするためだとな」

「神守様、そうそううまくいくとは限りませんぜ」

早、引け四つが過ぎていた。

「番方、あれを見てみろ」

と真っ暗な納戸部屋の雨戸の隙間から外を見ていた幹次郎が番方に言った。

「なんだよ」

と覗いた仙右衛門は、長楽庵の隣家、台屋の屋根伝いにひとりの男が長楽庵の屋根にするすると飛びついたのを見た。裏に返した紺色の印半纏に股引、三尺帯の男の片足が見えなかった。その男は質屋の台所の天窓の隙間に触っていたが、小刀の切っ先を突っ込むと中へとするりと入り込んだ。

「畜生、出やがった」

仙右衛門が悲鳴のような声を上げ立ち上がった。

「まあ、落ち着いてくれぬか、番方。あれは赤城の十右衛門一味の引き込みではないでな」

「じゃあだれだ」

「火の番の新之助だ」

「なに、野郎も赤城の十右衛門の一味か」

「違うな」

と言下に幹次郎が否定した。

「質屋の長楽庵が、そう容易く身許のはっきりしない奉公人を雇い入れることはあるまい。となると引き込みをだれがどう務めるか。一味の中で江戸を、吉原を承知なのは、深川生まれの小弥太だ。中山道から江戸へ進出しようという野心を持った十右衛門は、小弥太の話からまず吉原に狙いを定めた。その段階で小弥太を江戸へと先乗りさせ、押込み強盗先を選ばせた。小弥太は、幼馴染の吉祥天の助五郎とちょろ松を時折り廓内に入れて、当たりをつけさせた」

「それが元蕎麦屋の質屋長楽庵か」

幹次郎の寝不足の脳裡に雷鳴のような轟きが走った。

「番方、今なんと言うた。元蕎麦屋の質屋とか言わなかったか」

「おお、言うたな。長楽庵はその昔五十間道の蕎麦屋だったのさ、こんな話を承知なのは廓生まれのおれ以上の歳の者だな」

(なんてことだ)

吉祥天の助五郎が言った、

「けち臭い蕎麦屋」

とは質屋の長楽庵のことだったのだ。

「押込み先が長楽庵なのは間違いない、番方。小弥太はおそらく引き込み役も命じられていたのだろう。手堅い質屋は、江戸無宿なんて得体の知れない野郎を雇い入れることはなかった。ところが長楽庵に接した台屋に男衆として入り込んだんだ。台屋の暮らしに慣れた小弥太は、屋根越しに長楽庵の台所に潜り込める天窓に目をつけた」

「よう承知だな」

「いや、それがしが摑んだ話ではない。火の番の新之助の知恵を借りた。あの者は奥山の綱渡りの芸人で、身軽な上に、どんな頑丈な蔵でも必ず風抜き窓はある、窓がある以上、外から中に忍び込むのはさほど難しくはないと、それがしに聞かせてくれたことがあった。こたびも長楽庵の弱点はどこかと尋ねたら、ひと晩であの天窓だとそれがしに指摘した。つまり、長楽庵に住み込んでなくとも、屋根伝いに質屋の屋根に移り、天窓を利用して店の中に入り込むことができるというのだ」

と幹次郎が言うところに天窓が開いて、両手と左足を使ってするすると天窓から屋根に出た火の番の新之助が、見張所の納戸部屋に向かって小さく手を振り、屋根伝いに姿を消した。

「引き込みの小弥太もあの天窓から質屋に入り、一味を店の中に引き入れるつもりか」

と村崎季光同心が幹次郎に訊いた。

「まず間違いございますまい。新之助は長楽庵の弱みはあそこしかないと言うております」

「吉原会所はえらい者を番小屋の火の番に雇っておるな」

と村崎同心が感心した。

いつの間にか八つ（午前二時）の刻限が過ぎようとしていた。すると、片手に提灯を持ち、片手に鉄棒(かなぼう)を杖(つえ)代わりにジャラジャラと鳴らしながら、

「火の用心さっしゃりましょー、二階を回らっしゃいましょー、天窓に気をつけましょー」

と仲之町から新之助の声が響いてきた。

ふうっ

と仙右衛門が息を吐いた。

その夜、なにごともなかった。となると明日が最後の晩となる。幹次郎は村崎同心を岩城楼の納戸部屋に残すと、番方の仙右衛門といっしょに揚屋町から木戸を抜けて仲之町へと出た。

「お芳さんもひなも息災であろうな」

「おれの家に赤子がおることを覚えていましたか」

「それがし、朋輩の身内を忘れるほど不人情ではないぞ」

ふん、と鼻で返事をした仙右衛門が不愛想な顔で、

「ひなは爺様に取られておる」

と言った。

爺様とは山谷町の医師柴田相庵のことだ。仙右衛門とお芳夫婦と相庵は、血の繋がりはないが、身内同然に同じ敷地の中で暮らしていた。長年、相庵の右腕を務めてきたお芳は相庵には娘のようにかわいがられており、仙右衛門と所帯を持ったとき、相庵は広い敷地の中の離れ屋に仙右衛門とお芳を住まわせた。そんなお芳がひなを産んだとき、相庵は当然のように、

「爺様」

になった。

「よいではないか、年寄りの勝手だ、許せるものなら許してやれ」

と応じた幹次郎はふと思いついたことを口にした。

「こたびの騒ぎが落ち着いた折り、ひなの顔を見に行ってよいか」

仙右衛門が幹次郎の顔を覗き込むように見た。

「ひなの顔を見に行ってはいかんか」

「旦那の言葉は素直に受け取れぬでな」

「それがし、素直が取り柄でこれまで生きて参った。吉原に世話になって六年になろうとしておる」

「なに、神守の旦那が吉原会所と関わりを持ってたったの六年か。おりゃ、二十年にも三十年にも感じますぜ。神守様夫婦が吉原に縁を持って、あれこれと一気に事が動いたせいですかな」

と仙右衛門が驚きの声を漏らした。

「田沼様の放埒（ほうらつ）な時代から松平定信様の改革へと政も大きく変わったでな」

「それだけの曰くか」

と首を捻った仙右衛門に幹次郎が、

「いささか相談ごとがあってな」

「ほう、わっしに相談ごとだって、そんなのありですか。ただ今の神守様には廓の内外のおえらい方がついておられる」

「とはいえ、これればかりはそなたの考えを聞かねばならぬ」

と幹次郎が言うと、

「なんだか知らぬが怖いぜ」

「角樽（つのだる）を持参する、一杯呑もうか」

と幹次郎が言ったとき、吉原会所の前にふたりはいた。

「旦那、ふた晩廓で夜明かししたんだ、この足で柘榴の家に帰りなせえ。事が起きるとしても宵過ぎだろう。ゆっくり寝て昼過ぎに顔出ししてくだせえ」

「ならば七代目への報告は願おうか。そなたもひなのもとに帰りなされ。ふた晩夜明かしはわれらふたりいっしょゆえな」

幹次郎は潜り戸から大門の外に出た。

五十間道に薄靄が流れていた。

この未明、幹次郎は五十間道の途中から浅草田圃を抜けて柘榴の家に戻ろうと考えた。腰の一剣は伊勢亀の隠居の形見の津田近江守助直だ。それがいつもより重く感じられた。納戸部屋で夜を明かしたせいであろう。

師走の田圃に靄が流れて、雲の海を歩いているような錯覚を幹次郎は感じた。

五十間道から柘榴の家へ半分ほどに差しかかったとき、地蔵堂の背後の靄が割れて黒の着流しの浪人者が姿を見せた。

「神守幹次郎どのか」

相手の問いに北国訛りが感じられた。

「いかにも吉原会所の神守にござる」

「恨みつらみはござらぬ。路銀に困ってそなたのお命頂戴致す」

と丁寧に曰くを述べた。

「承(うけたまわ)った」

と答えた幹次郎が、ひとつだけ質したい、と話しかけた。

「そなたの問いには答えられぬ。じゃが、そなたの勘なれば外れはしまい」

「相分かった」

名乗りもせぬ相手は黒鞘(くろざや)塗りの大小拵えの大刀を抜き放ち、正眼に置いた。なかなか重厚な構えだった。

幹次郎は、妻仇討の追っ手にかかる道中、加賀国(かがのくに)の城下外れの道場で学んだ眼(がん)志流居合術(しりゅういあいじゅつ)で応戦することにして抜き打ちの体勢を取った。

「ほう、居合術を使われるか」

「刺客に追われる道中、加賀国で覚えた居合にござる」

と応じた幹次郎に、

「そうか、加賀に縁がござったか。それがし、大聖寺(だいしょうじ)藩所縁(ゆかり)の心流(しんりゅう)千代村常春(ちよむらつねはる)でござる」

と流儀と姓名を名乗った。

千代村の正眼の剣がゆるゆると下段に落ちて、ぴたりと止まった。切っ先は靄の中に隠れていた。

両者はその姿勢で睨み合った。

足元の靄が膝下を隠していた。

東の空が白んできた。

息を吸った千代村が静かに吐いた。その瞬間、踏み込んできた。

幹次郎は間合を詰める相手に対して不動の姿勢を取り続けた。

靄の下の切っ先がきらりと光り、幹次郎の足元を襲いきた。

同時に幹次郎の津田助直が鍔鳴り(つばな)して千代村の刃を弾くと、不動の姿勢で溜めていた力が一気に相手の腰を叩いていた。だが、剣が腰の前に押されていたために助直の刃は、千代村の体に届かなかった。それでも、千代村の体が横手に吹き飛んで、田圃へと転がり靄を散らした。そして、また千代村の体を靄が覆った。

幹次郎は、

「眼志流横霞(よこがすみ)み」

と呟くと、

「この勝負を見聞の者に告げる。次は自らの命を懸けることだ」

と続けた。

地蔵堂の裏手の木の陰から人影が動いて消えた。

幹次郎は刀を鞘に納めると柘榴の家へと急ぎ足で向かいながら、赤城の十右衛門は必ず吉原を狙うことを確信した。

三

同じ日の昼過ぎ、神守幹次郎と桑平市松は元吉原駕籠屋新道の金貸し十二の岩五郎のごてごてと飾り立てた黒漆喰の店の前に立っていた。

間口は八間半（約十五・五メートル）か、帳場格子が間を置いて三つ並び、それぞれに番頭が座し、その左右に手代がふたり、大福帳を広げて客を待つ恰好だった。よほど盛業なのか、なかなかの数の奉公人だ。

「御免よ」

と巻羽織に着流しの南町定町廻り同心桑平が店に入っていった。

三つの帳場格子から番頭と手代、九人の視線が桑平を認めた。

「いらっしゃいまし、桑平の旦那」

真ん中の帳場格子の中に座す一番番頭の李蔵が桑平を迎えた。この界隈は桑平の縄張りではない。それだけに小首を傾げていた。

「御用でございますか。それともお客様で」

と李蔵が尋ねた。

「客はおれじゃねえ」

伝法(でんぽう)な口調の桑平が、顎で背後を指した。

鉄紺(てっこん)の羽織に着流しの腰に津田近江守助直を一本差しにし、塗笠を被った幹次郎が悠然と敷居を跨いだ。

「どなた様で」

「客がだれかと訊くのか、李蔵」

「へえ、まあ」

李蔵がなんとなく幹次郎の正体に気づいたか、返事をした。

「十二の岩五郎は在宅だな」

「桑平の旦那、うちは桑平様のご同輩が出入りされておりますがな」

「朋輩の名を口にするんじゃねえ。朋輩が困るんじゃねえ、十二が厄介に巻き込まれるといけねえと、おれは気遣いしているんだ」

桑平が腰から刀を抜き、幹次郎も倣った。その態度は、勝手に奥へと通ると言っていた。

「だれか奥の旦那様にお知らせしてこい」

　李蔵が慌てて傍らの手代に命ずると、

「要らぬ節介をするんじゃねえ。およそこの家の間取りは承知だ。三年前まで両替屋だった店を十二の岩五郎が脅し取って、いや、買い取って引き移ってきたんだったな」

　と言い放った桑平が帳場格子の間から店に上がり、幹次郎も塗笠を被ったまま桑平に続いた。

　桑平と幹次郎は両人ともに六尺（約百八十二センチ）に近い長身だ。ふたりの挙動に金貸しの番頭らは威圧されていた。

　中庭を挟んで奥行のある廊下を進むと、算盤の音が響いていた。岩五郎が大福帳の数字を読み上げ、手代が算盤で計算していた。

「なんだね、声もかけずに」

　大福帳から顔を上げた岩五郎が桑平と幹次郎を見上げた。なにか言いかけた岩五郎は意外と小男だった。

「手代さん、店に戻っていいねえ」

　と廊下から桑平が命じ、言い添えた。

「おお、ついでに言っておくが、十二が使う用心棒の類を呼んでも無駄だぜ。おれの相棒はいささか腕に覚えの御仁でな。岩五郎、おめえならば承知だろう」

桑平の言葉に従い、幹次郎がゆっくりと塗笠の紐をほどいた。

「吉原会所の裏同心か」

岩五郎が呟き、手代に店に戻っておれと命じた。

「もはや用件は分かったな」

桑平の言葉に十二の岩五郎が頷くと、

「桑平の旦那と会所の裏同心神守幹次郎様とは昵懇の間柄だったかえ」

と呟いた。

「昵懇な、相身互いで力を貸し合う間柄よ」

岩五郎の前にふたりが座した。

「浅田屋の一件か。表と裏のお歴々が顔を揃えてうちに来なさったんだ。相応の金子さえお持ちならば相談に乗らないこともない」

岩五郎が言い放った。

「浅田屋がどうなったか、もはや承知じゃな」

幹次郎が岩五郎に初めて話しかけた。

「潰れたんでございましょう。廓の中じゃ老舗の引手茶屋だが、廓の外で水茶屋を商い、茶汲女に色を売らせては吉原会所が黙っちゃいませんからね。素人が手を出しちゃいけねえ見本だな」

「そのお陰で岩五郎だけが甘い汁を吸った。ともあれ親子は奉公人の給金も支払わずに逃げ出した」

「ほう、やりますな」

　とせせら笑った岩五郎は、

「吉原会所の裏同心の旦那がなんの用ですね」

「四の五の言わぬ。浅田屋の沽券を頂戴しようか」

「おや、この十二の岩五郎相手にあっさりと仰いますな。最前から同じ文句で恐縮だが、金はお持ちでしょうな」

「一文も持っておらぬ」

「いくら南町の定町廻り同心を伴ったとはいえ、銭なしで沽券を渡せるもんじゃござんせんぜ」

「十二の岩五郎、浅田屋親子をいささか甘くみたな」

　桑平が話の矛先を変えた。

「と、申されますと」

「浅田屋の先々代、先代と道楽があってな、印籠と根付をそれなりの数収集していたのだよ」

「ほう、そんな隠し財産がありましたか。たしかにそいつは見落としましたな。沽券を買い戻すほどの品でございましょうな」

「そういうことだ。親子はこいつを持って逃げ出した。そなたならば捜し出せぬことはあるまい」

「旦那、沽券を印籠と根付の代金で売り渡せと仰いますかえ、他人の褌(ふんどし)でなんとかだね」

「そういうことだ」

「これはまた虫がいい話ですな。出るところへ出ても話は聞けませんな」

「沽券は渡せぬというか」

「印籠と根付をうちにお持ちください」

岩五郎が平然とした顔で言い放った。すると桑平が岩五郎の前にぶ厚い書付(かきつけ)を置いた。

「なんですな、これは」

証文の類だ。

「小伝馬町の牢屋敷近くの旅籠飯島作左衛門方が潰れて、一家六人が首吊りをした騒ぎがあったな、ふた月前の話だ。あの旅籠、十日に二割の高利に一家心中に追い込まれた。最初に金子五十両を借りたのは十二の、おまえのところだったな」

桑平が書付を説明すると、岩五郎が手を差し伸ばした。

すっ、と前帯の十手を抜いた桑平がその先で書付を押さえた。すると視線を桑平に戻した岩五郎が、

「へえ、これがうちの商いでございましてな」

「十日に二割は触れに反しているな」

「このご時世ですぜ。お店はどこも高値の品は売れない、客は来ないで苦しんでいるのは説明の要もございますまい。うちはお上に代わって商いが続くように手助けしているんでさあ」

「だから、見逃せというか。この書付には、おめえから借りた元金と利息の支払いが克明に記してある。その上に十二の岩五郎の用心棒前村仙佐と柳田常次郎に脅されて一家心中せざるを得なくなったと、飯島作左衛門の直筆で認めてある。いわば恨みつらみの籠った遺書というわけだ。ふた月前の一家心中騒ぎだがすべ

てが終わったわけじゃねえ。この書付と遺書を白洲に持ち出せば、十二の岩五郎、おめえの商いを潰すくらいの力はあるぜ。さて、どうするな」

桑平が最後のトドメといった風に言った。

「桑平の旦那、その書付を読ませてくれませんかえ」

「いいだろう」

と十手の先を書付から少しばかり離した桑平が、

「読んだらおめえを南町に引っ張ることになるが、覚悟はいいな」

と岩五郎を睨んだ。

「読みもせずに信用しろと言いなさるか」

「それがおめえのためだと言っているんだよ」

十二の岩五郎は、眼前の書付を凝視しながら、沽券と印籠と根付の按配を考えている表情を見せた。

「この書付、どうなされますな」

「浅田屋の沽券をこの場に出しねえ。さすればおめえの前の長火鉢で燃そうじゃないか」

岩五郎はまた沈黙した。長いだんまりのあと、

「南町の定町廻り同心と吉原会所の裏同心のふたり組に花を持たせてやるか」

と漏らした。

「礼は言わぬ、おまえのためだ」

と桑平が言い放った。

「桑平の旦那、浅田屋の親子が印籠と根付を抱え込んで逃げているのはたしかでございましょうね」

「印籠ひとつが何十両もするものもあるそうだ」

と幹次郎が懐から印籠をひとつ出して見せた。

引手茶屋山口巴屋の馴染が支払いの不足分に置いていった印籠を幹次郎は借りてきていた。目の前に品があるのとないのとでは、岩五郎の反応が違うと思ったからだ。

岩五郎が印籠を手にして楓鹿象嵌蒔絵(ふうろくぞうがん)の図柄を仔細に見ていたが、

「負けた」

と呟くと印籠を幹次郎の前に置いた。

隣の仏間に入り、襖(ふすま)を閉めてがさごそと物音を立てた。不意に静かになり襖が開かれたとき、岩五郎は一通の古びた沽券を手にしていた。

幹次郎は吉原仲之町引手茶屋浅田屋の沽券を仔細に調べた。未だ沽券の名義は浅田屋だった。

「たしかに受け取った」

幹次郎の言葉を聞いた桑平が十手の先で押さえていた書付の束を長火鉢の炭火に突っ込んだ。すると書付に火が燃え移り、焔が上がった。

三人はそれぞれの思いを胸に書付が燃えるのを見ていたが、岩五郎が火箸の先で燃えた書付を掻き回して灰に混ぜた。

「わっしは桑平の旦那と吉原会所の裏同心に貸しができたのかな」

「十二の、同心ふたりに十日に二割の利息は利かぬ」

と桑平が言い切り、ふたりが立ち上がった。

その夜のことだ。

五つ時分、待合ノ辻がいちばん込み合う刻限、一人ふたりと形を変えた男たちが元引手茶屋浅田屋の裏口から中へと姿を消した。四つ過ぎに十六人目の旦那風の恰好をした赤城の十右衛門が浅田屋に入って、表戸も裏戸もきっちりと閂がかけられ、物音ひとつしなくなった。

赤城の十右衛門一味が動き出したのは、九つ半（午前一時）の頃合いだ。

浅田屋の裏口から蜘蛛道に出た一同は、闇に紛れるような黒装束に刀や脇差を差し込んでいた。一行は人影のない角町から仲之町を横切り揚屋町へと出た。そして、質屋長楽庵の路地に入り込もうとしたとき、蜘蛛道に人影があった。

面番所の隠密廻り同心村崎季光だ。

「待っておった。これ以上は入らせぬ」

「てめえはなんだ」

「南町奉行所支配下面番所隠密廻り同心村崎季光じゃ」

と大声が響いた。その声はいささか恐怖に震えていたが、江戸での初仕事に緊張していた十右衛門らは気がつかなかった。

「だれぞ、そやつの口を封じんかえ」

十右衛門の命に用心棒侍が刀を抜くと、突きの構えで村崎に迫った。

村崎は十手を手に思わず後ろに下がった。

突きの構えの用心棒侍が一気に村崎との間合を詰めようとしたとき、天水桶の背後に忍んでいた嶋村澄乃が無言のまま、手にしていた麻縄を振るった。すると常夜灯の灯りに、麻縄が虚空でしなり、突きの構えの用心棒侍の腕に絡まると、こんどは捻るように手前に引かれたのが見えた。

刀が飛んで揚屋町の通りに転がった。

「な、なんだ、親分」

と痛みを堪えた用心棒侍が叫び、

「待っておった、赤城の十右衛門」

神守幹次郎の声が揚屋町の木戸口に響き渡った。

一味が振り向くと、吉原会所の面々が手に手に突棒（つくぼう）や刺叉（さすまた）などを持ち、一味を囲んでいた。

「畜生！」

と罵り声を上げた赤城の十右衛門へ木刀を手にした幹次郎がするすると迫った。

「質屋長楽庵に目をつけたところまではいいが、吉原面番所と会所を考えに入れておらなかったか。押込み強盗は今宵が最後じゃ」

幹次郎が宣告した。

「急ぎ、引手茶屋に火を放て！　叩き斬って大門外へ逃げるのじゃ！」

喚（わめ）き返した十右衛門の構えた長脇差を、幹次郎の木刀が弾くと、転瞬（てんしゅん）肩口に強打をくれた。

「うっ」

と悲鳴を上げる暇もなく赤城の十右衛門がその場に崩れ落ちた。

この対決をきっかけに、赤城の十右衛門一味と吉原会所の番方ら一統とが乱戦になった。

眠り込んでいた妓楼や茶屋の男衆が起きた気配がし、表に出てこようとした。

「五丁町の客人、奉公人に申し上げます。面番所と会所の双方が押込み強盗赤城の十右衛門一味を取り押さえんとしている最中、しばし戸を開けずに中でお待ちくだされ」

女裏同心嶋村澄乃の声が響き渡った。

頭分の赤城の十右衛門が倒されたのを見せつけられた押込み強盗一味は、一気に勢いを削がれてしまった。

幹次郎の木刀が一味の用心棒侍に狙いをつけて次々に振るわれ、澄乃の麻縄が押込み強盗の得物を叩き落とし、会所の面々の突棒や刺叉が動揺した残党の動きを封じた。

そのとき、

「火事だ、引手茶屋の浅田屋から火の手が上がったぞ！」

と火の番の新之助の声が響いて半鐘が鳴らされた。

会所に残っていた小頭の長吉らが浅田屋の表戸を蹴り破り、火消しを始めた。

赤城の十右衛門一味の残党は、質屋への押込み強盗を働いたあと、火事騒ぎに乗じて逃げ出すことになっていたのを思い出し、一瞬、

(助かった)

と思った。だが、すべてが後手後手に回り、揚屋町の通りに一味が次々に叩き伏せられて転がった。

先手を取った会所が瞬く間に赤城の十右衛門一味を制圧した。

「よし、浅田屋の火消しに加わるぞ!」

仙右衛門が命じて若い衆らが一斉に浅田屋へと走って火消しに加わった。その場に残ったのは幹次郎と澄乃のふたりだけだった。

どうやら騒ぎに決着がついたとみたか、揚屋町の岩城楼の潜り戸が開いて男衆が心張棒(しんばりぼう)を手に顔を覗かせた。

「神守様よ、こいつらが長楽庵に押込もうとした強盗一味か」

と納戸部屋に見張所を設けるのを許していた楼の男衆が会所の狙いに気づいていたか、尋ねた。

「いかにもさようだ。すまぬが押込み強盗一味を縛り上げてくれぬか」

幹次郎の言葉に、

「おお、合点承知だ」

妓楼から縄を手に次々に男衆が姿を見せて、高手小手に縛り上げていった。

そのとき、長楽庵の蜘蛛道から村崎同心が、押込み先の引き込み役だった深川の小弥太を捕縄で縛り上げ、得意げに揚屋町に姿を見せた。

「おお、これはこれは村崎同心どの、御手柄にございましたな。そなた様の奇計が効を奏して赤城の十右衛門一味を捕縛することができましたぞ」

幹次郎はまるで夜見世のように明るくなった五丁町に姿を見せた妓楼や引手茶屋の男衆の耳に入るように大声で褒め称えた。

「おお、裏同心どのか、それがしの読み、真であったろうが」

と村崎同心が胸を張った。

「いかにもいかにも」

幹次郎が答えるところに読売屋で版元の門松屋壱之助が、

「神守様よ、浅田屋の火事は消し止められましたぜ」

と知らせてくれた。

「それはよき知らせかな。門松屋、こたびの一件はすべて面番所の村崎同心の策略と力でな、かように芋づるをたぐるように一味を捕縛できた。あとは南町奉行所のお調べになろう」

と言った幹次郎が、

「村崎同心どの、あとは宜しく申し上げますぞ」

と頭を下げた。すると村崎が、からからと笑い、

「わしの知恵にかかれば在所の押込み強盗などこの通りじゃ。神守どの、助勢かたじけなし、礼を申す」

と応じたものだ。

四

夕暮れ、神守幹次郎は山谷堀に架かる橋を渡り、正法寺の塀を見ながら山谷町の柴田相庵の診療所へと向かった。手に角樽と風呂敷包みを提げてゆったりと歩いていった。

本日未明、吉原内の質屋長楽庵に押込もうとした赤城の十右衛門一味十六人に、

引き込み役の深川の小弥太を加えて十七人を、面番所でざっと身許などを確かめたあと、船宿牡丹屋の船三艘に分乗させて日本橋川の大番屋に送り込むことにした。

十七人には、命にかかわる傷を負った者はいなかった。だが、幹次郎の木刀に殴られて骨を折った者が頭分の十右衛門以下六人ほどいた。柴田相庵と弟子たちが呼ばれて、手当てを終えていた。

先頭の船には、晴れがましい顔の面番所隠密廻り同心村崎季光が乗り込み、会所の若い衆もそれぞれの船に分乗して警固に当たった。

それとは別に吉原会所の七代目頭取四郎兵衛が南町奉行所を訪ね、奉行池田筑後守の内与力に面会して、中山道筋を中心に押込み強盗を繰り返してきた赤城の十右衛門一味十七人が廓内で押込み強盗を働かんとして捕縛されたことを報告していた。この押込み強盗が未遂に終わったのは、謹慎中の隠密廻り同心の活躍もあってのことだと付け加えた。内与力には前もって謹慎中の村崎同心の、

「考えがあってのこと」

だと知らせていた。その結果、今回の吉原での押込み強盗が首尾よく未遂をもって終わり、十七人全員の捕縛が成ったことを報告したのだ。

「四郎兵衛、隠密廻り同心村崎季光は、赤城の十右衛門一味を廓内に呼び込み、一挙に捕縛するために一味の下働きの掏摸ふたりをわざと取り逃がしたというのだな」

「まあ、さような次第にございます。ただし私どもも村崎様も、掏摸ふたりが赤城の十右衛門によって押込み強盗を行う前に始末されるとは考えもしませんでした。ですが、大方において村崎同心の探索が当たり、こたびの大手柄に繋がりましてございます」

四郎兵衛の報告を聞いた内与力は、

「隠密廻り村崎の謹慎は方便、赤城の十右衛門一味を油断させるための策であったと奉行に進言しておこうか」

「こたびのことは、吉原を掌(てのひら)の中のことのように承知の隠密廻り同心でなければできませんでした」

「となれば、あやつを吉原の面番所に戻す他はあるまいな」

「もしさようなご判断をしていただきますならば吉原はどれほど安心かしれません」

と内与力に四郎兵衛は深々と頭を下げた。

江戸入りの最初の仕事を吉原でなそうとした赤城の十右衛門一味の企ては、待ち受けていた面番所隠密廻り村崎同心と吉原会所の面々の活躍によって未遂に終わったことを門松屋壱之助が読売に大仰に書き立て、村崎季光は一躍、

「時の人」

となった。

また読売には、潰れた引手茶屋浅田屋を一味が隠れ家に使っていたこと、そのことを浅田屋の元番頭の逸蔵が手引きしたことも書かれた。一味は押込みに際して非情にも逸蔵を始末し、浅田屋に火を放って火事騒ぎの最中に廓の外に逃げ出す企てであったことも読売に書き加えられていた。むろんかような情報は、吉原会所から壱之助にもたらされたものだ。

ともあれ赤城の十右衛門一味は南町奉行所の手で厳しく調べられることになり、吉原会所の手を離れた。

捕物があった未明、幹次郎は四郎兵衛に会い、十二の岩五郎から取り戻した浅田屋の沽券を差し出していた。

「こたび神守様と桑平様は陰の役目に徹せられて、損な役回りを務められましたな、なんぞ褒美を考えなければなりませんな」

と四郎兵衛が労った。

「七代目、それがしの務めにございます。もし褒美と申されるなれば、今夕吉原を休みにさせてもらうわけには参りませんか」

「伊勢亀のご隠居の墓参りですかな」

「いえ、番方の家に二歳になる前のひなの顔を見に行きとうございます」

「ということは、番方も休んだほうがようございますかな」

「できますことなれば」

「よいでしょう」

四郎兵衛が快く許してくれた。

そんなわけで聖天横町の湯屋で朝風呂に入り、汗と疲れを流した幹次郎は朝餉を汀女と麻といっしょに食し、しばしの間仮眠した。その前にふたりには、番方の仙右衛門とお芳の娘のひなの顔を見に行きたいと報告していた。

幹次郎が起きたとき、手土産の角樽とひな人形が用意されていた。麻からはひなの二歳の祝いに着る晴れ着が託された。

師走の夕暮れ、お芳が手料理を作って仙右衛門といっしょに待っていた。

正月がくると二歳になるひなは立ち歩きをするようになり、ひなの名前通りに愛らしい女の子に育っていた。

「このところ会所の務めの他にあれこれとあって、ひなの顔も見に来られなかった。お芳さんの顔立ちそっくりの可愛い娘に育っておる」

と幹次郎が言うと仙右衛門の顔がでれでれと笑みに崩れた。

ふっふっふふ
と嬉しそうに笑った仙右衛門が、

「お芳、多忙な裏同心どのの訪いじゃ、酒を出してくれぬか。そのうち爺様も姿を見せようでな」

と言った。

「番方、その前に相談がある」

と口調を変えた幹次郎にお芳が、

「ならば私とひなは膳の仕度をしておりましょう」

とその場を離れようとした。

「いや、できることなればお芳さんにも聞いてほしい」

「ご大層な話のようだな」

頷いた幹次郎は、

「四郎兵衛様から相談があったのはだいぶ前の話だ。だが、それがしは七代目の言葉とはいえ即答はできなかった。四郎兵衛様は、この一件を三浦屋の四郎左衛門様と当代の伊勢亀の半右衛門様のふたりにだけ内々に相談されたことを、それがし承知しておる」

といったん言葉を切って、

「それがしは未だ汀女にも、むろん加門麻にも話しておらぬ」

と語を継いだ。

「よほどのことのようですな。神守の旦那とおれっちの間柄、ずばりと言いねえ」

「その前に申し述べておくことがある」

「なんですよ、勿体ぶって」

「番方、この話、そなたの同意がなければそれがし受けぬつもりだ。遠慮せずに考えを申し述べてくれぬか」

「分かった。話してみねえ」

と仙右衛門が応じたところに、診療所から柴田相庵が離れ屋に姿を見せて、

「神守様の話が途中から聞こえた。年寄りにしてはわしの耳はいいでな」

と言い訳した相庵が、

「わしも話を聞かせてもらってよいか」

と幹次郎を見た。

「ここにおられる四人は身内同然です。それに相庵先生は吉原会所をわれら同様に承知です。聞いていただけますか」

と幹次郎のほうから願った。相庵が頷き、

「なんとのう、そなたの話はこの年寄りに察せられる」

と呟いた。

赤城の十右衛門一味の怪我の手当てを相庵に願ったのだ。四郎兵衛が相庵に話したのではないかと幹次郎は推量した。

「先生よ、七代目だって、三浦屋の四郎左衛門様と伊勢亀の当代にしか相談してないことだぜ。それをひなの爺様が承知か」

仙右衛門が相庵に視線を向けた。

「わしの推量から話してよいか」

幹次郎は首肯した。

「四郎兵衛様は隠居を考えておられるのではないか」

「えっ、七代目が隠居するって、跡継ぎがいないじゃないか」

仙右衛門が即答した。

相庵の視線が幹次郎に向けられ、

「それだよ、神守様の話はな、仙右衛門」

と言った。

「うむ」

仙右衛門が幹次郎の顔を見て、視線を相庵、そして、最後にお芳に向けた。

「そういうことなのか」

と自問した。

「番方、もはや説明の要もないが、それがしは西国大名家の下士だった者だ。人妻になった姉様の手を引いて十年の歳月、妻仇討の追っ手から逃げ回り、吉原会所に救われたのだ。かような人物が吉原会所の八代目など継げるはずもない。じゃが、七代目は、『このまま吉原会所を絶やしてよいのか』とまでそれがしに申された。こたび、玉藻様が懐妊し、男か女か分からぬが来年には赤子が誕生する。だがな、七代目は『その子が成人し、分別がつく時分にはあの世におります』とも言われた。それがしはこう解釈した、正三郎さんと玉藻様の子が成人するまで中継ぎをしてくれぬかとの頼みとな」

仙右衛門には思いがけない話であったか、黙り込んでいた。

「番方、それがしがそなたの同意なしにはこの話は受けられぬと言うたのは、義理や情だけではどうにもならぬ御用ゆえだ」

相庵がなにか言いかけたが、お芳が相庵の膝に手を置いて止めた。その動作は、

(仙右衛門に考えさせて)

と言っていた。

長い沈黙が続いた。

「相分かった。番方、この話はなかったことにしてくれぬか。七代目にはお断わり致す」

「ま、待ってくだせえ」

仙右衛門が声を絞り出した。

「おりゃ、考えもしなかったことで驚いたのだ。七代目は死ぬまで吉原会所の頭取と思うていたからな」

「そなたの立場ならそう思うて不思議ではない」

と応じた幹次郎が、

「番方、吉原会所の頭取は激務だ。そのことを四郎兵衛様がよう承知だ。そこで数年前から川向こうに隠居所を設けて、余生を過ごす仕度をしておられたのだ」

「おまえ様、そんなことまで承知か」

「偶さか知らざるを得ないことが起こった。南町奉行所定町廻り同心桑平市松どののご新造お雪さんが不治の病にかかってな」

と前置きして桑平雪が四郎兵衛の隠居所に臥せっている経緯をすべて告げた。

ふうっ
と大きな息を仙右衛門が吐いた。

「神守幹次郎って御仁は、他人の女房の面倒もみやがるか」

と冗談に紛らせた仙右衛門が、

「七代目が身を退こうとまで考えているなんて夢にも思わなかったんでな、魂消てよ、言葉をなくしました。ただ今の吉原会所の切り盛りをしていける御仁は、ひとりしかいねえよ。神守幹次郎だ、間違いねえ。おれでよければ、なんでも助けるぜ」

とさばさばとした口調で言い切った。

お芳が亭主の手にわが手を重ねて、

「それでこそわが亭主よ」

と笑みの顔で言った。

「吉原会所の跡継ぎは、神守幹次郎って御仁しかいないな」

と相庵も漏らし、

「お芳、前祝いの酒の仕度をしねえ」

と仙右衛門が命じた。


幹次郎が柘榴の家へ戻ったのは四つ前のことだった。ちょうど汀女も料理茶屋の山口巴屋から戻って囲炉裏端に落ち着いたところだった。

「おひなちゃん、どうでした」

と麻が幹次郎に尋ねた。

「可愛い盛りだな、来春にもこの家へ遊びに来るように願ってきた」

「それはようございました」

と汀女が言い、

「おまえ様、酒はもう宜しゅうございますか」

「酒はよい。それより姉様と麻に話がある」

「おや、改まってどうなされました。このところ幹どのが思い悩んでおられるのは身内のだれもが承知でした」

「そのことで番方の仙右衛門どのと話があってな、ひなの顔を見ることにかこつけて訪ねたのだ」

「番方に話があって、そのあとに私どもになにを申されますか、幹どの」

と麻が尋ねた。

おあきが心得て自分の部屋に引き下がった。

黒介と地蔵は囲炉裏端に丸まっていた。

幹次郎はこの宵、二度目となる話を汀女と麻に聞かせた。

「な、なんとまあ、幹どのが吉原会所の八代目におなりですか」

「麻、内々に話があっただけだ」

「仙右衛門さんはなんと申されました」

汀女が質した。

「驚いておったが、長い沈黙のあと、『ただ今の吉原会所の切り盛りをしていける御仁は、ひとりしかいねえよ、神守幹次郎だ、間違いねえ』と言うてくれた」

囲炉裏端でもふたりの女が沈思した。

「姉上、番方の言葉は正しゅうございます。されど吉原には、海千山千の妓楼の主や引手茶屋の女将が控えておられます。幹どのでもこれまでとは違った難儀を背に負うことになりましょう」

と麻が言った。

「四郎兵衛様は、死んだ伊勢亀のご隠居に墓前で相談なされとそれがしに申された。じゃが、ご隠居には悪いが、この一件はそれがしの傍らにいる者に相談せねば、どうにもなるまいと思うて、今晩、まず番方、さらにはそなたらふたりに相談した」

「ということは幹どのの気持ちは固まっていると考えてよいのですか。私たちのこの柘榴の家の暮らしが変わりますか」

麻が不安げな顔で幹次郎に尋ねた。

「まず明日にも四郎兵衛様にそれがしの気持ちを伝える。その上で伊勢亀のご隠居の墓前に報告しようと思う。四郎兵衛様がかようなことをお考えになったのは、それがしが伊勢亀のご隠居の死に際に立ち会ったことが大きく関わっていようでな」

と応じた幹次郎が語を継いだ。

「とはいえ、この話はしばらく極秘にしてくれぬか。四郎兵衛様が各所に了解を得ねばなるまい。難儀な話が成ったところで、即座に七代目が隠居することはできまい。まあ一年やそこいらは歳月はかかろう。その間にわれらの暮らしをどう変えていくか、話し合っていけばよかろう」

「それでようございましょう」

と応じた汀女が、

「幹どのはさだめに逆らって生き抜いてこられましたが、その幹どのとて逆らえぬさだめがございます。大きな流れに身を託するしか手立てはございますまい。私も麻も幹どのに従っていくだけです」

と言い切った。

「姉様、麻、苦労をかけるな、すまぬ」

と幹次郎がふたりに詫びた。

ふっふっふふ
と麻が笑い、

「幹どのといっしょにおると退屈だけはしませんよ、麻」

と姉が妹に同意を求めた。

この年の十二月二十日、北町奉行初鹿野河内守信興（はじかのかわちのかみのぶおき）が免職した日の昼下がり、隅田川を一艘の屋根船が師走の日差しを受けてゆっくりと遡上していた。札差伊勢亀の所蔵船には、神守幹次郎と加門麻のふたりだけが乗っていた。その朝、汀女を墓参に誘ったが、

「伊勢亀のご隠居が喜ばれるのは幹どのと麻のふたりです」

と断わられた。

「幹どの」

「なんじゃな、麻」

「幹どのが吉原会所の八代目に就いたら、神守四郎兵衛と名を変えねばなりませぬか」

「さあてな、未ださようなことまで四郎兵衛様と話し合うたことがない。当面神守幹次郎と八代目四郎兵衛の使いわけでもよかろう」

と思いつきを述べた。

麻の白い手が伸びて幹次郎の手を取り、

「加門麻はどうすればよろしいのでございますか」

「さあてのう」

と応じた幹次郎の胸に麻の体が寄せられた。

幹次郎は両腕に麻を抱き締めながら、

(夢なのか現なのか)

と考えていた。

この作品は、二〇一九年三月、光文社文庫より刊行された『夢を釣る
吉原裏同心抄（五）』のシリーズ名を変更し、吉原裏同心シリーズの
「決定版」として加筆修正したものです。

光文社文庫

長編時代小説
夢を釣る　吉原裏同心(30)　決定版
著者　佐伯泰英

2023年6月20日　初版1刷発行

発行者　三宅貴久
印刷　萩原印刷
製本　ナショナル製本

発行所　株式会社　光文社
〒112-8011　東京都文京区音羽1-16-6
電話（03）5395-8147　編集部
8116　書籍販売部
8125　業務部

ISBN978-4-334-79473-6　Printed in Japan

組版　萩原印刷